Tucholsky   Wagner   Zola   Scott   Sydow   Freud   Schlegel
Turgenev   Wallace   Fonatne
Twain   Walther von der Vogelweide   Fouqué   Friedrich II. von Preußen
Weber   Freiligrath   Frey
Fechner   Fichte   Weiße Rose   von Fallersleben   Kant   Ernst   Frommel
Richthofen
Hölderlin
Engels   Fielding   Eichendorff   Tacitus   Dumas
Fehrs   Faber   Flaubert
Eliasberg   Ebner Eschenbach
Maximilian I. von Habsburg   Fock   Eliot   Zweig
Feuerbach   Ewald   Vergil
Goethe   Elisabeth von Österreich   London
Mendelssohn   Balzac   Shakespeare   Dostojewski   Ganghofer
Lichtenberg   Rathenau   Doyle   Gjellerup
Trackl   Stevenson   Hambruch
Mommsen   Tolstoi   Lenz   Hanrieder   Droste-Hülshoff
Thoma
Dach   Verne   von Arnim   Hägele   Hauff   Humboldt
Reuter   Rousseau   Hagen   Hauptmann   Gautier
Karrillon   Garschin
Defoe   Baudelaire
Damaschke   Descartes   Hebbel
Hegel   Kussmaul   Herder
Wolfram von Eschenbach   Dickens   Schopenhauer
Darwin   Melville   Rilke   George
Bronner   Grimm   Jerome
Campe   Horváth   Aristoteles   Bebel   Proust
Bismarck   Vigny   Barlach   Voltaire   Federer   Herodot
Gengenbach   Heine
Storm   Casanova   Tersteegen   Gilm   Grillparzer   Georgy
Chamberlain   Lessing   Langbein   Gryphius
Brentano   Lafontaine
Strachwitz   Claudius   Schiller   Kralik   Iffland   Sokrates
Katharina II. von Rußland   Bellamy   Schilling
Gerstäcker   Raabe   Gibbon   Tschechow
Löns   Hesse   Hoffmann   Gogol   Wilde   Gleim   Vulpius
Luther   Heym   Hofmannsthal   Klee   Hölty   Morgenstern
Roth   Heyse   Klopstock   Kleist   Goedicke
Luxemburg   Puschkin   Homer   Mörike   Musil
Machiavelli   La Roche   Horaz
Navarra   Aurel   Musset   Kierkegaard   Kraft   Kraus
Nestroy   Marie de France   Lamprecht   Kind   Kirchhoff   Hugo   Moltke
Laotse   Ipsen   Liebknecht
Nietzsche   Nansen   Ringelnatz
Marx   Lassalle   Gorki   Klett   Leibniz
von Ossietzky   May   vom Stein   Lawrence   Irving
Petalozzi   Knigge
Platon   Pückler   Michelangelo   Kock   Kafka
Sachs   Poe   Liebermann   Korolenko
de Sade   Praetorius   Mistral   Zetkin

Der Verlag tredition aus Hamburg veröffentlicht in der Reihe **TREDITION CLASSICS** Werke aus mehr als zwei Jahrtausenden. Diese waren zu einem Großteil vergriffen oder nur noch antiquarisch erhältlich.

Symbolfigur für **TREDITION CLASSICS** ist Johannes Gutenberg (1400 — 1468), der Erfinder des Buchdrucks mit Metalllettern und der Druckerpresse.

Mit der Buchreihe **TREDITION CLASSICS** verfolgt tredition das Ziel, tausende Klassiker der Weltliteratur verschiedener Sprachen wieder als gedruckte Bücher aufzulegen – und das weltweit!

Die Buchreihe dient zur Bewahrung der Literatur und Förderung der Kultur. Sie trägt so dazu bei, dass viele tausend Werke nicht in Vergessenheit geraten.

Dahinten in der Heide

Hermann Löns

Impressum

Autor: Hermann Löns
Umschlagkonzept: toepferschumann, Berlin

Verlag: tredition GmbH, Hamburg
ISBN: 978-3-8424-6912-9
Printed in Germany

Text der Originalausgabe

Hermann Löns

Dahinten in der Heide

Roman

Der Ortolan

Der Südwind strich warm über den Kopf des hohen Heidbrinkes und bewegte die Zweige der Hängebirke, die voll von Blütenkätzchen und jungen Blättern waren, hin und her.

Lüder Volkmann lag längelang auf dem Rücken, lehnte sich gegen den großen Findelstein und hörte zu, wie der Ortolan in der Birke sang.

Er hielt seine Pfeife abseits und atmete den Geruch der blühenden Postbüsche, den der Wind aus dem Bruche mitbrachte, und den Juchtenduft, der aus dem Birkenlaube kam, tief ein, und ihm war, als sei er noch in den Wäldern von Kanada, wo es im April auch nach Post- und Birkenlaub roch; aber der Ortolan sang da nicht; dort, wo Volkmann getrappt und gefischt hatte, gab es keine Landstraßen.

Er stopfte sich eine Pfeife aus dem ledernen Tabaksbeutel, auf dem mit Glasperlen ein Kranz von braunen Bibern und schwarzen Raben gestickt war.

Eine rote Mordwespe, die über seine Hose kroch, zog seine Blicke auf seine Kleidung. »Noch vier Wochen Landstraße, und die Tippelkundenkluft ist fertig«, dachte er und lächelte, denn ihm fiel ein lustiger Abend in Berlin ein. Er hatte mit einer großen Gesellschaft in der vornehmen Weinwirtschaft zusammengesessen, die Männer im Frack, die Frauen und Mädchen in ausgeschnittenen Kleidern, und mitten zwischen ihnen war jener sonderbare Mann in dem alten Gehrock, Peter Hille, der Dichter, und der hatte, indem er seine Austern aß, im Gange der Unterhaltung zu seiner Nachbarin gesagt: »Ganz wohl fühlt man sich erst, Exzellenz, wenn man gesellschaftlich nichts mehr zu verlieren hat, sagt Böcklin.«

Lüder Volkmann sah sein Zeug an; er hatte es in Omaha gekauft und die Stiefel in Chikago, und zwar an dem Tage, als er in einer Singspielhalle einem Pferdehändler, der über Deutschland einen schlechten Witz machte, die Champagnerflasche in die Zähne warf, daß der Mann für tot fortgetragen wurde, und als drei andere Männer ihm an den Balg wollten, boxte er ihnen das Mittagessen aus dem Leibe. Dann hatte er der Musik zehn Dollar hingelegt, einen

Freitrunk für jeden Mann, der eine Gurgel im Leibe hat, bestellt und Lieder aus seiner Heimat spielen lassen, und alle mußten mitsingen, ganz gleich, unter welcher Flagge sie geboren waren.

Er mußte hell auflachen, als er daran dachte, welche dummen Gesichter die beiden Seeleute gemacht hatten, als er mit ihnen anstieß und rief: »Trinkt, Jungs, auf die deutsche Flott'!« Dann hatte er fünf Dollar hingelegt und gerufen: »Das Flottenlied!« Aber in derselben Nacht hatte sich zuerst das Heimweh an seinen Arm gehängt und ihn nicht eher wieder losgelassen, als bis er an Bord der »Anna Rickmers« war. Als Kohlenzieher hatte er die Fahrt gemacht; seine tausend Dollar, die er sich in zwei Jahren zusammengetrappt und beieinandergefischt hatte, waren auf dem Asphalt der großen Stadt klebengeblieben.

Er sah auf seine große Hand. Arbeiten, ja, das konnte die, aber sparen, nein! »Herr Doktor, Sie haben eine Ritterhand«, hatte auf dem Hofballe die Herzoginmutter gesagt, »und ich verstehe nicht, daß Sie mit der Feder fechten statt mit dem Säbel.« Ihre guten alten Augen hatten ihn lange angesehen, und dann meinte sie: »Daß Sie nicht von Adel sind!« Er hatte gelächelt. »Bin ich, Euer Hoheit, tausche mit keinem von den Prominenzen hier in dieser Richtung, die fürstlichen Herrschaften ausgenommen; die Volkmanns saßen wohl schon auf ihrem Heidhofe, als Exzellenz Drusus über die mangelhaften Chausseen in Germanien bei Seiner Majestät Augustus submissest Klage führte.« Da hatte sie so herzlich aufgelacht, daß der Leibarzt dem Herzoge sagte: »Hoheit müßten veranlassen, daß der Doktor Volkmann öfter mit Ihrer Hoheit zusammen ist; sie liebt ihn, und lachen ist die beste Medizin für ein müdes Herz.«

Lüder Volkmann sah auf das silbergraue Rentiermoos. So hatte das Haar der alten Herzogin ausgesehen. Sie war aus jenen Kreisen der einzige Mensch gewesen, der ihm nach seinem Falle geschrieben hatte. Er wußte den Brief halb auswendig; die eine Stelle lautete: »Sie kennen mich, lieber Herr Doktor; wenn ich später noch lebe, vergessen Sie nicht, daß Sie an mir immer eine Freundin haben.«

Er drehte einen blanken Mistkäfer, der hilflos im Sande auf dem Rücken lag, um, sah, daß es die dreihörnige Art war, aber ein Weibchen, denn die Hörner fehlten ihm, und dann fiel ihm das Indianermädchen ein, das ein und ein halbes Jahr in seinem Blockhause gewohnt hatte und das jeden Schmetterling aus dem Spinnennetz nahm. Ihre Seele war klein, aber ihr Herz war groß; in ihrem letzten Hauche flüsterte sie:»Lhütär«, und dann nahm der Schneesturm ihre weiße Seele mit und wirbelte sie zum Großen Geiste hin.

Acht Wochen lang hatte ihr Leib, in glänzende Bärenfelle gehüllt, im Windfange gelegen; dann erweichte der Tauwind den Boden, Lüder begrub die Gefährtin seiner Einsamkeit, und die indianischen Holzarbeiter kamen alle, sangen gurgelnd ein verschollenes Lied und errichteten einen hohen Steinhaufen über dem Grabe der Wölfe wegen und weil Margerit aus edlem Blute war.

»Adel bleibt Adel, wenn es wirklich welcher ist«, dachte Lüder Volkmann, der Landstreicher, und vor ihm stand die Frau, an der er gescheitert war. Warum hatte er geglaubt, daß er sie liebte. In den Brombeerbüschen am Fuße des Brinkes sang der Goldammer; es war fast dasselbe Lied, das der Ortolan sang, aber des Goldammers Lied war klarer Frieden, und in des Ortolans Sang war unstete Unklarheit.

Er schüttelte den Kopf über sich selber. Also darum, darum hatte er sein Leben auf die Landstraße geworfen, darum! Er hatte die Frau gar nicht geliebt. Als er noch die bunte Mütze trug und jede Woche frische Schmisse hatte, da hatte er die Frau seines liebsten Lehrers liebgewonnen und hatte sofort die Exmatrikel genommen. Ein Jahr später war die totgetretene Liebe aus ihrem Grabe auferstanden, hatte vor ihm gestanden und die Hände gerungen. Und jene andere Frau, an der sein Leben strandete, eine Volksausgabe der Frau des Professors, war es gewesen, die neben jener in seiner Erinnerung stand, wie der dunkle, krankhaft süße Gesang des Ortolans neben dem lieben, starken Liede des Goldammers.

Früher hatte er sich oft gefragt, warum gerade ihm das Schicksal die Schlinge über den Weg gelegt hatte. Er lachte nun darüber; warum lähmte die rote Wespe gerade diese lustige Spinne mit ihrem Giftstachel und schleppte sie in ihre Höhle, wo sie sich so lange hinquälen mußte, bis die Wespenbrut sie bei lebendigem Leibe auffraß? Und er war groß, stark und gesund; also konnte ihm das Schicksal etwas mehr zumuten als den Skrälingern mit dem dünnen Blute und dem weichen Fleische. Außerdem: Was war, und war es auch hart und bitter, es sah von weitem eigentlich nur noch interessant aus. Er hatte sich daran gewöhnt, sein Unglück mit dem umgedrehten Pürschglase zu betrachten, und klein und lustig sah dann aus, was anfangs riesig und schrecklich erschien. Und nun wollte er Post- und Maibaumduft riechen und sich satt sehen an der braunen Heide und den gelben Wegen und den weißen Wolken, die über den schwarzen Wäldern standen, und wo irgendwo der Bauernhof lag, der Hilgenhof, der heilige Hof, dem sein Geschlecht entstammte.

Wie schön es sich in dem Heidkraute lag! Er ließ den weißen Sand durch seine braunen Finger fließen und freute sich an den dichten Polstern der Krähenbeere, die den roten Stein umspannen. Vor ihm trippelte eine Heidlerche umher, ein grüner Sandkäfer blitzte auf, hoch oben kreiste der Bussard, bald wie Silber, bald wie Gold leuchtend, und nun rief sogar Wodes heiliger Vogel über ihm ein lautes Wort, das wie eine alte Rune war, und machte einen Bogen, als er den Mann äugte.

Und dann der rotlodernde Post in der Grund und die goldgrünen Machangeln auf dem Anberge und die weißen Birkenstämme in der braunen Heide und der silberne Bach und das goldene Risch, ein Tag war es, an dem die Gefühle des Menschen, der gut erhaltene Sinne hat, leicht und lustig tanzen müssen wie helle Schmetterlinge, auch wenn er zum heimlosen Straßenläufer ward.

»Aber nun wäre es Zeit«, dachte er, »daß Ruloff Ramaker käme; vom Sehen wird kein Mensch satt.« Volkmann legte sich auf die rechte Seite und deckte sein linkes Ohr mit dem Lodenhute zu, wie er es schon als ganz kleiner Junge mit der Bettdecke gemacht hatte, und wohlig schnurrte er, als die Besinnung ihn verließ, wie er es stets zu tun pflegte, wenn er sein Bewußtsein zu Bett brachte.

Über ihm in der Hängebirke aber sang der Ortolan immer und immer wieder: »Ich bin müde.«

Der Goldammer

Schwer und tief war der Schlaf des Mannes, und doch sprang er kläräugig auf die Füße, als Tritte im Heidkraute knisterten. Der Gendarm stand vor ihm und musterte ihn vom Hute bis zu den Stiefeln.

Er sah gut aus, der Beamte; er war einen knappen Zoll kleiner als Volkmann: er hatte ein offenes Gesicht, einen prachtvollen blonden Bart und helle, blaue Augen. Und da er inwendig so war wie außen, so stellte er sich erst recht barsch an und sagte mit rauher Stimme: »Zeig mal deine Papiere!« Er zog die Augenbrauen hoch, als der Stromer antwortete: »Erstens habe ich keine, und zweitens möchte ich Sie höflichst ersuchen, mich nicht zu duzen. Sie sind wohl noch nicht lange von der Front fort?«

Der Gendarm bekam einen roten Kopf; er sah ein, daß er eine Dummheit gemacht hatte. Der Mann trug schäbige, aber gutsitzende Kleidung, und das Schuhzeug, das waren hochfeine Jagdschuhe von braunem genarbten Leder mit ausgenähtem Rand und Schnellschnürung, und, Donner ja, er hatte das ganze Gesicht voller Schmisse und ein Benehmen wie der Herr Amtsrichter. Köllner lenkte ein: »Entschuldigen Sie, es war nicht so schlimm gemeint. Und ich sehe, daß ich mich irrte; eine Steckbriefbeschreibung paßte ungefähr auf Sie, bis auf die Schmisse. Und einen krummen Zeigefinger haben Sie rechts auch nicht. Aber Sie werden doch Papiere haben?« Der andere schüttelte den Kopf. »Nein, sie sind mir vor vierzehn Tagen in Hamburg gestohlen.« Der Beamte wiegte den Kopf hin und her. »Ja, dann müssen Sie mich schon begleiten.«

Er brach seine Rede mitten im Worte ab und sah in die Heide hinunter. Auf dem weißen Pattwege kam ein barhäuptiger Mann angelaufen; er schrie und winkte zu dem Hügel hinauf und zeigte nach einem Wacholderbusche hinter sich, wo ein weißer Frauenhut leuchtete. Es war Ruloff Ramaker; er war in Schweiß gebadet und keuchte: »Komm schnell, schnell, das Fräulein ist von einer Adder gebissen.«

Mit großen Sätzen sprang Volkmann den Hügel hinab und war eher bei dem Machangel als Ramaker und Köllner, denn jener war außer Atem, und dieser mußte erst sein Pferd abbinden.

Einen Blick warf Volkmann auf das junge Mädchen, als er tief den Hut zog. Er sah Erstaunen in ihrem Gesicht, und das Blut schoß ihm in den Kopf; aber schon kniete er nieder, nahm den schmalen, kräftigen Fuß in die Hand und fragte: »Wo?« Eine Stimme, die ihm süßer klang als das Lied des Goldammers, trotz der Angst, die darin klirrte, oder vielleicht um so mehr noch, antwortete: »Hier!« Und die schmale, leicht gebräunte Hand zeigte nach der großen Zehe. »Das ist gut«, meinte der Mann. »Wie lange ist es her?« fragte er dann, indem er einen Bindfaden hervorholte. »Eben.« Er nickte. »Keine Angst; Sie sind gesund, und der Biß sitzt gut. Aber nun muß ich Ihnen weh tun.«

Er schlang den Bindfaden um die Zehe, schnürte ihn fest, steckte einen Heidstengel darunter, wirbelte ihn zweimal herum und tat einen schnellen Schnitt in die Zehe. »Hat es sehr weh getan?« fragte er dann. Das Mädchen schüttelte den Kopf und lächelte aus ihrer Blässe heraus.

»Soll ich etwas Alkohol besorgen?« fragte der Gendarm. »In zehn Minuten bin ich bei der Wirtschaft.« Volkmann nickte. »Besser ist besser. Reiten Sie los; ich und er, wir wollen das Fräulein Ihnen entgegentragen. Gehen ist nicht gut; die Hauptsache ist Ruhe und kaltes Blut. So, mein Fräulein, nun ziehen Sie bitte den Strumpf über, und legen Sie Ihre Hände auf unsere Schultern. Sie brauchen keine Angst zu haben; von hundert Otterbissen geht kaum einer schlimm aus und auch meistens nur bei Kindern.«

Mit schnellen Schritten gingen die beiden Männer die Landstraße entlang, auf ihren verschränkten Händen das Mädchen tragend, das ihre Arme um die Schultern der Männer gelegt hatte. Ruloff Ramakers Gesicht glühte vor Verlegenheit; Lüder Volkmann aber sah düster aus.

»Es ist doch nicht gleich«, dachte er, »ob man noch ein anständiger Kerl vor der Welt ist oder nicht.« Er wünschte, er wäre alt und häßlich gewesen, aber ohne den Sprung in seinem Rufe; dann hätte er mit dem Mädchen sprechen dürfen, mit ihr, die an Wuchs und

Angesicht und Stimme ganz so war wie jene Frau in Göttingen, vor der er floh, weil er sie so liebgehabt hatte.

Viel schöner war diese hier noch, viel adliger von Gestalt, und noch süßer hatte ihre Stimme geklungen, viel, viel süßer. Und der Duft ihrer goldenen Flechten war köstlich. Wie gern hätte er zu ihr gesprochen; aber sollte er, der Strolch, den jeder Gendarm stellen durfte, dieses Weib hier anreden? Zu Fürstinnen spricht man nicht ungefragt. Rot schlug ihm die Scham in das Gesicht, und tief seufzte er auf.

»Ich bin Ihnen wohl sehr schwer?« fragte die klare Stimme an seiner Schulter. Er schüttelte den Kopf; er wollte weiter schweigen, aber die Stimme öffnete seine Lippen. »Wie ist das gekommen, mein Fräulein?« Sie lächelte. »Ich laufe so gern barfuß in dem reinen Sande und auf der trockenen Heide; an die Schlangen hatte ich nicht gedacht.« Sie schwieg und wartete auf eine Gegenrede.

Mit scheuen Blicken streifte sie sein Gesicht. Daß es noch solche Männer gab! Das war ja eine Gestalt aus dem Nibelungensang, trotz des schäbigen Rockes, trotz des Halbwochenbartes.

Was er wohl sein mochte? Wie er wohl auf die Landstraße gekommen war? Auf der linken Backe hatte er drei lange Schmisse und einen rechts unter der Lippe. Wie schön der Mund dieses Mannes war, ein stolzer Knabenmund. Mitleid stieg in ihr auf und feuchtete ihre blauen Augen.

»Da kommt der Gendarm«, sagte der Mann und sah sie an, und dann wurde er rot wie ein Weib, denn er sah in ihren Augen, daß sie Anteil an ihm nahm, und sie wandte den Kopf ab, denn auch ihr war das Blut in das Gesicht geschossen.

»Es ist guter Portwein«, sagte der Beamte, als er die Flasche hervorzog, »das gnädige Fräulein können ihn ruhig trinken. An den Doktor ist schon telefoniert; er ist unterwegs.« Er sah die Männer an. »Soll ich einen von Ihnen ablösen?« Volkmann und Ramaker schüttelten die Köpfe und setzten sich in Bewegung.

Als sie nach einer Weile bei der Wirtschaft waren, stand Doktor Hellweger schon da. Er sah Volkmann erstaunt an, untersuchte den Fuß, nickte mit dem Kopfe und sagte, als er die Wunde ausgewaschen und statt des Bindfadens einen Gummiring um die Zehe gelegt hatte: »Wie lange nach dem Biß ist der Schnitt gemacht?« Und als das Mädchen sagte: »Nach höchstens fünf Minuten«, fuhr er fort: »Dann ist keine Gefahr da; es ist nur eine ganz kleine örtliche Schwellung vorhanden. Noch ein Gläschen Portwein, ehe der Wagen kommt! Das hält das Herz frisch.«

Volkmann sah den Arzt an. »Das ist eine veraltete Theorie, Herr Doktor; das Schlangengift geht durch die Blutbahn in den Verdauungstraktus. Alkohol ist gutes Gegengift, doch nur, weil er das Gift im Magen bindet. Versuche an Hunden, bei denen ich zugegen war, haben das ergeben.« Der Arzt machte runde Augen und fragte: »Sind Sie Mediziner?« Der Strolch schüttelte den Kopf und ging in das Haus; Ramaker folgte ihm.

»Da kommt mein Wagen, liebes Fräulein«, rief Hellweger. »Wo ist der Herr, der mir geholfen hat?« fragte das Mädchen. »Ich muß ihm danken.« Der Arzt trat auf die Deele und sah sich um. »Sie haben sich nur ein Glas Milch geben lassen und sind schon weiter«, antwortete die Frau. Der Doktor schüttelte den Kopf. »Merkwürdig!« Holde Rotermund wurde blaß, als er ihr sagte, daß die Fremden schon fort wären.

Als der Arzt sie nach dem Pfarrhause von Hülfingen fuhr, dachte er darüber nach, wo er den Mann schon gesehen hatte, denn daß er ihn kannte, das wußte er. Diesen Prachtkopf und den zackigen Schmiß auf der rechten Backe vergaß man nicht. Der Arzt blätterte in seiner Erinnerung hin und her, fand aber die richtige Stelle nicht.

Der Wagen hielt vor der Pfarre. Ein Jägeroffizier trat an den Schlag, küßte Holde beide Hände, grüßte den Arzt, machte sich bekannt und sagte: »Urlaub bekommen; der Alte brummte zwar, ging aber nicht anders. Zu große Sehnsucht!«

Er lachte, daß die weißen Zähne in seinem hübschen Gesicht blitzten; aber als seine Braut aus dem Wagen stieg, zog er die Stirne kraus, denn er sah, daß sie nur einen Schuh anhatte. »Ja«, erklärte sie lächelnd, »mich hat eine Schlange gebissen. Ich war ein bißchen barfuß im Sande herumgelaufen.«

Der Leutnant sagte nichts, aber seine Lippen schlossen sich fest zusammen, und seine Stimme klang kalt, als er der Magd zurief, sie solle Hausschuhe bringen.

Bevor er Holde in das Haus geleitete, dankte er in verbindlicher, gemessener Weise dem Arzte. Als dieser sagte, daß ein fremder Mann, allem Anscheine nach ein verbummeltes Genie, die Erste Hilfe geleistet und die Bißstelle ausgesaugt hatte, fuhr Leutnant von Zollin zurück und machte ein Gesicht, als hätte er ein Haar in der Zigarre gefunden. Er lud den Arzt ein, am Frühstück teilzunehmen, der aber dankte kühl und fuhr los.

Das Frühstück verlief laut, aber es war keine Laune dabei. Holde Rotermund lag auf dem Sofa, aß fast nichts und hatte ein nachdenkliches Gesicht, so daß ihre Vatersschwester so lange ihrer Angst Ausdruck gab, bis das Mädchen sagte: »Aber Tantchen, liebes, Gefahr ist gar nicht; mir ist der Portwein in die Glieder gefahren.«

Zerstreut hörte sie zu, wie ihr Verlobter vom Dienst, von der Jagd und von den Rennen sprach, und daß die Prinzessin Mathilde sich nach ihr erkundigt und gesagt hatte: »Frau Leutnant von Zollin schlägt uns noch einmal alle tot mit ihrem Gesicht«; er lachte seiner Braut zu und hob das Glas gegen sie.

Die aber sagte: »Ich glaube, ich muß erst ein bißchen schlafen« und hielt dem Bräutigam die Backe hin. »Nicht mehr?« fragte der und küßte sie fest auf den Mund, und mit purpurrotem Gesicht machte sie sich los.

In ihrem Schlafzimmer stand sie vor dem Waschtisch und sah in den Spiegel. Dann fuhr sie sich mit dem Schwamm über das heiße Gesicht und dreimal über ihre brennenden Lippen.

Sie lag auf dem Bette und sah gegen die weißen Deckenbalken; Dienst, Jagd, Rennen, der Hof, das war alles, wovon Wladislaw sprach, heute und morgen und übermorgen.

Wovon der fremde Mann wohl sprach? Wer mochte er sein, und wo mochte er jetzt sein? Ihr war es, als hörte sie seine Stimme immer noch, diese warme, gute, reine, volle Stimme. Draußen lachte ihr Bräutigam. Ach ja, er war ja ein netter Kerl, und hübsch war er und schnittig gewachsen und artig und aufmerksam; aber, aber, an dem, was sie rührte, ging er gleichgültig vorbei; wenn am Himmelsrande das rote Licht und das schwarze Gewölk Hochzeit machten, sah er nur die Rehe in den Wiesen, und in der Heide erblickte er nichts als Ödland. Was sie schon bald gedacht hatte, jetzt wurde es ihr klar: Sie paßten nicht zusammen.

Im Garten sang der Goldammer; heute früh hatte er gesungen: »Wie, wie hab ich dich lieb!« Aber nun sang er: »Mein Nest ist weit, weit, weit!«

Der Täuber

Wenn Lüder Volkmann geahnt hätte, daß Holde Rotermunds geheimste Gedanken hinter ihm herflatterten, so hätte er sein Haupt wohl noch tiefer auf die Brust hängen lassen.

Ruloff Ramaker wußte nicht, was in den anderen gefahren war: Lüders Augen hafteten auf dem Boden, und seine Lippen waren nicht zu sehen. Ramaker war nur ein Bauernknecht, aber er liebte seinen Genossen, und es betrübte ihn, daß der im Schatten ging.

Es war so wundervoll da in der wilden Wohld; das Sonnenlicht fiel durch die Zweige der Fuhren, das Farrenkraut reckte sich aus dem Boden, die gelben Kohmolken blühten im Graben und unter dem Buschwerk die weißen Windröschen; viele Vögel sangen, und der Täuber rief.

In der Nacht hatten die beiden Männer in der Ochsenhütte vor dem Bruche geschlafen; Volkmann hatte bis Mitternacht vor der Türe gesessen und dem Brummen der Rohrdommel und dem Meckern der Himmelsziege zugehört. Er schlief noch, als der Vormorgen kam, und als Ramaker wach wurde, hörte er, wie der andere stöhnte und murmelte, und er sah, wie er sich hin und her warf.

Nun lag er mit dunklem Gesicht da und lächelte kein bißchen, als zwei verliebte Eichkatzen auf dem Knüppeldamm hin und her sprangen, fauchten und schnalzten und auf alberne Art mit den Schwänzen wippten.

Sein Blick bekam noch nicht einmal Leben, als aus dem Unterholze der Schwarzstorch heraustrat; wie Flammen leuchtete der Schnabel, und wie Edelerz funkelte das Gefieder, als er in die Sonne kam.

Volkmanns Stirn wurde noch krauser, als er den Waldstorch sah. Er erblickte ein Gleichnis in ihm. Ein adelig Tier war es, stolz und schön, alter deutscher Urwaldheimlichkeit letztes Vermächtnis, und in Acht und Aberacht erklärt von einer herzlosen, seelenarmen Zeit, die es ihm, dem Adebar, dem Otternwehrer, nicht vergab, daß er die Forelle und Junghasen nicht verschmähte.

Kerle, die sich Jäger nannten, aber zu der Schinderzunft gehören müßten, knallen das vornehme Geflügel nieder, wann und wo sie es antreffen, Leute, die statt des Herzens eine Geldbörse im Leibe haben.

Ruloff machte eine hastige Bewegung, als der Waldstorch aus dem Gebüsch trat; drei Sprünge tat der Vogel, schwang sein Gefieder und verschwand. »Was war das?« fragte Ruloff seinen Genossen. »Solch ein Tier habe ich meinen Tag noch nicht gesehen!«

Dumpf klang Volkmanns Antwort: »Der schwarze Storch«, denn er dachte gerade daran, daß er selber auch in Acht und Aberacht war wie jener Vogel, und nur, weil er das Gesetz in seiner Brust über das papierne Recht gestellt hatte.

»Das Leben ist eine traurige Posse für ernste Menschen«, dachte er; das Weib, das er schützte, indem er seinen ehrlichen Namen auf den Richtblock legte, war nicht wert gewesen, daß er ihretwegen ein Fingerglied opferte; aber damals hatte er sie geliebt, weil sie das matte Spiegelbild jener schönen Frau war, der sein junges Herz entgegengeblüht hatte.

Und die war wieder nur ein Vorspuk der Tausendschönen gewesen, deren Stimme gestern sein Herz gerührt hatte. Wie sie wohl gerufen wurde? Ein Name mußte es sein wie die hellichte Morgensonne, warm und voller Kraft.

Mit Freuden würde er sein Leben unter ihre Füge legen, und seinen ehrlichen Namen, hätte er noch einen, und kein Dankeswort würde er dafür begehren. Seine Liebe schwang sich über den Wald und über das Moor und flog zu dem Hause, in dem ihre Stimme klang.

Ernst klang sie, und Pfarrer Behrmann machte ein ganz unglückliches Gesicht und rauchte wie unklug vor Aufregung seine lange Pfeife. »Nein, lieber Ohm« sprach seine Nichte, »nein, ich liebe ihn nicht. Ich war ein Kind, als ich mich mit ihm verlobte. Ein Leutnant, ein hübscher Leutnant, du lieber Himmel, ich war so selig wie damals, als ich die Schreipuppe zum Weihnachtsfeste bekam, als ich zum ersten Male mit ihm über die Straße ging.

Aber weißt du, liebes Öhmchen, ich mochte eigentlich nie, daß er mich küßte. Jaja, ich weiß, was du sagen willst, aber du gehst irre, wenn du glaubst, die Ehe würde die Liebe vertiefen. Das Gegenteil wird der Fall sein. Bedenke: Ich bin nicht adelig, habe nur ein kleines Vermögen; ich kann dir sagen, die Sammetaugen der schönen Panna Zollin, geborene von Mielczewska, waren kalt wie Eis, als ich ihr die Hand küßte.

Und Wladislaw? Er liebt das an mir, was am wenigsten wert ist; mein Inneres versteht er nicht. Sein Gott ist die Gesellschaft, seine Moral das Herkommen. Er ist klug, aber ich glaube, er hat ein unterernährtes Herz. Es wird ihm wohl nicht abwelken, wenn er morgen meinen Brief liest, und seiner Laufbahn wird die Aufhebung des Verlöbnisses auch nicht schaden, eher nützt sie ihm bei Hofe.«

Sie gab dem alten Herrn einen Kuß auf die faltenreiche Backe und ging in den Garten.

In dem Wirrwarr des Bocksdornbusches in der Mauerecke saß der Goldammer und sang seine Weise, die man auf Lust und auf Leid deuten konnte.

Holdes helle Augen beschatteten sich; sie dachte an den fremden Mann im schäbigen Rock, an das stolze Gesicht unter dem abgetragenen Lodenhut, an die Stimme, so rund und so voll wie ferner Täuberruf, an die großen, schönen, braunen, langfingrigen Hände, die so sicher und so zart zufaßten.

Ihr ganzes Leben lang würde sie an diesen Mann denken müssen, und niemals würde sie es sich verzeihen, daß er gegangen war, ohne daß sie ihm dankend die Hand gedrückt hatte.

Sie fühlte, wie ihr Gesicht aufflammte; von diesem Manne würde sie sich gern auf den Mund küssen lassen, ohne zu fragen: Wer bist du und was geschah dir, daß auf deinen Schuhen der Staub der Landstraße liegt?

Sie hatte ihm mehr zu danken als die Hilfe, die er ihr brachte; er hatte ihre Seele gerettet. Wäre er ihr nicht entgegengetreten, so hätte sie wohl nicht den Mut gefunden, den goldenen Reif von ihrer Linken zu streifen, der sie dem Manne eignete, vor dem ihre Seele sich verkrochen hatte, wenn sie seine Stimme hörte.

Mit klingendem Schwingenschlage schwang sich ein Ringeltäuber in die Eiche und sang sein dunkles Lied: »Du, du, du, du, du«, hörte Holde Rotermund heraus, und dasselbe dachte ihr Herz.

Es dachten noch mehr Leute an den Fremdling, vor allem Doktor Hellweger. Er kegelte mit dem Amtsrichter, dem Lehrer, dem Pastor aus Deipenwohle und dem Oberförster. Was er tat, der dicke Doktor, das tat er ganz; aber heute war er nicht bei der Sache. Noch nie hatte er so viele Pudel geschoben.

Gedankenlos sah er der Kugel nach, sah alle Kegel außer dem ersten fallen, und anstatt, wie er sonst tat, wenn er gut warf, das Lied vom gerechten Heuschreck zu pfeifen, sah er in die Luft, als die Kegeljungen sangen: »Acht und acht ums Vordereck, ist so rar wie Ziegenspeck.« Er mußte immer daran denken, wo er den Landstreicher schon einmal gesehen hatte.

In diesem Augenblicke ging der Gendarm vorüber. Der Amtsrichter, dem der Arzt seine Begegnung mit dem fremden Manne erzählt hatte, rief den Beamten heran: »Schenken Sie sich ein Glas Bier ein, Herr Wachtmeister. Sagen Sie, wie hießen denn die beiden Leute, die Fräulein Rotermund zum Kruge trugen; oder haben Sie sich die Namen nicht angemerkt?«

Köllner zog ein Taschenbuch hervor: »Doch, Herr Amtsrichter, hinterher fiel es mir ein, daß ich das über der Aufregung ganz vergessen hatte, und ich ritt ihnen nach. Der eine, der ohne Schmisse, ist ein ehemaliger Knecht namens Ruloff Ramaker; der andere heißt Lüder Volkmann und sagte, er wäre früher Schriftsteller gewesen und sei kürzlich von Amerika zurückgekommen. Ich mochte ihn nicht dem Amtsgerichte zuführen; er sah nicht so aus, als ob er irgendwie verdächtig wäre, und der andere auch nicht; der hatte übrigens Papiere.«

»Volkmann, Volkmann?« murmelte der Amtsrichter. »Das ist ja ein hiesiger Name; und Lüder? Wenn die Angabe stimmt, dann ist der Mann ja der Erbe von dem Hilgenhofe. Vielleicht weiß er das noch gar nicht. Wissen Sie was, Herr Wachtmeister? Stecken Sie sich das Amtsblatt mit dem Aufrufe ein, in dem Lüder Volkmann aufgefordert wird, sich zu melden. Vielleicht treffen Sie ihn noch einmal bei Ihren Dienstritten und können dem Manne zu seinem Eigentum verhelfen. Wie der Herr Doktor sagt, hat er ja einen sehr guten Eindruck gemacht trotz der abgerissenen Kleidung und auf Sie auch. Lüder Volkmann! Es ist mir, als ob ich den Namen sonst schon gehört hätte.«

Wie gewöhnlich setzten sich die Kegelfreunde noch eine Weile in das Vereinszimmer. »Wie sah der Fremde aus?« fragte Pastor Meyer den Arzt, und als der die Beschreibung gegeben hatte, sagte der Pastor: »Dann stimmt das. Meine Frau kam gestern nach Hause und erzählte: Denke dir nur, Karl, bei der neuen Mühle begegnen mir zwei arme Reisende; der eine hatte Schmisse und sah aus wie Armin der Cherusker in Zivil. Das ist augenscheinlich dieser Mann gewesen. Wie mag der auf die Walze gekommen sein?«

Sonst ging es nach dem Kegeln immer lustig her; der Arzt hatte einen trockenen Humor, und der Amtsrichter lachte gern; dieses Mal kam aber so recht keine Stimmung auf. Sie dachten alle an Lüder Volkmann, den Landstreicher.

Am meisten beschäftigte sich Doktor Hellweger mit ihm. »Wo habe ich das Gesicht doch schon gesehen?« dachte er in einem fort, als er in seinem Wagen durch die Abendheide fuhr, in der die Himmelsziegen meckerten und die Mooreulen riefen.

Plötzlich wußte er es. Richtig! Göttingen, das Paukzimmer, die gemeine Korpshatz zwischen den Kölnern und den Longobarden. In einem fort hatten die Kölner angefragt: »Herr Unparteiischer, drüben mit Kopf zurückgegangen?« Da hatte schließlich auch der Sekundant der Longobarden angefragt, und immer hieß es: »Nichts bemerkt!« Endlich hatte er gesagt: »Bitte darauf zu achten.« Und wieder hieß es auf seine Anfrage: »Nichts bemerkt!« Da hatte er sich umgedreht, gewinkt, und hinter ihn trat der Ersatzsekundant, und da fragte er lächelnd: »Herr Unparteiischer, zu was sind Se eigentlich bloß da?«

Das gab einen gewaltigen Krach; hier Wutgezisch, da Hohngelächter, und der Sekundant mußte abtreten. Ein ganzes Semester lang war er eine Berühmtheit, der lange, schöne Fechtwart der Longobarden, der cand. rer. nat. Lüder Volkmann.

Das Käuzchen

Der Wachtmeister ritt am nächsten Tage nach Quelingen. Als er so dahinritt, hörte er die Kiebitze rufen; er stellte sich in die Bügel, denn er dachte, daß da ein Fuchs wäre, und sah die beiden Landstreicher über die Wiesen kommen. Er wartete, bis sie an der Straße waren, schwang sich aus dem Sattel und rief: »Guten Tag, Herr Volkmann!«

Lüder Volkmann grüßte wider. »Ich habe immer noch keine Papiere.« Der Wachtmeister lachte und griff in die Tasche. »Aber ich habe eins für Sie; das hier soll ich Ihnen im Auftrage des Herrn Amtsrichters zeigen.«

Volkmann las, aber seine Züge veränderten sich kaum, als er Ramaker die Anzeige wies. »Merkwürdig!« sagte er. »Wir wollten gerade dahin; ich bin als Kind dort oft bei meinem Oheim gewesen.«

Ramaker schüttelte Volkmann die Hand. »Wie mich das freut, wie mich das freut!« Aber dann setzte er hinzu: »Jetzt hat unsere Freundschaft wohl ein Ende?«

Der andere schüttelte den Kopf. »Da kennst du mich schlecht, Ruloff. Aber nun müssen wir wohl auf Reethagen zu. Wie weit ist das?«

Der Wachtmeister überlegte. »So Stücker drei bis vier Stunden.« Volkmann reichte ihm das Blatt zurück und zog den Hut. »Sie sollen auch bedankt sein, Herr Wachtmeister, und Ihr Herr Amtsrichter auch.«

Er wollte sich zum Gehen wenden, aber Köllner gab ihm die Hand. »Ich wünsche Ihnen viel Glück, Herr Volkmann«, und als er sah, daß der andere errötete, warf er noch hinterher, indem er in den Steigbügel trat: »In Reethagen kehren Sie im Weißen Roß ein; grüßen Sie den Wirt Nordhoff von mir.« Er legte die Hand an den Helm und ritt weiter.

»Mensch, Mensch«, schrie Ramaker und schlug sich auf den Schenkel, »das Glück, das Glück!«

Der andere sah ihn ernst an. »Ob es eins ist? Wer weiß? Theodor Volkmann, der mir den Hof verschrieb, oder Ohm Töde, wie ich ihn nannte, war Naturforscher; es hieß von ihm, er sei überspönig, weil er ein gelehrter Mann war, sich aber wie ein Bauer trug. Er hatte damals schön geschimpft, als ich studieren wollte. ›Bauer mußt du werden, dann hat dir kein Mensch was zu sagen‹, knurrte er.«

Es war um die Ulenflucht, als die beiden Männer in Reethagen ankamen und sich nach dem Weißen Rosse hinfragten. Das war eine Wirtschaft nach alter Art mit einem Strohdache, aus dessen Giebelloch der Herdrauch herauskam.

Als sie über die Deele gingen, sah der Wirt sie erst von der Seite an. Er war ein mittelgroßer Mann mit ernstem Gesicht und ruhigen Augen; wenn er sprach, sah er aus, als tät es ihm leid, daß er den Mund aufmachen müsse; darum sprach er durch die Zähne.

Er setzte Volkmann und Ramaker Brot, Wurst, Butter und Bier hin und sagte: »Laßt es euch schmecken!«

Als sie gegessen hatten, fragte Volkmann, ob sie über Nacht bleiben könnten. Der Wirt nickte. »Ja, wenn ihr beide in einem Bette liegen wollt? Die andere Kammer hat der Jagdpächter.« Volkmann nickte und brannte sich seine Pfeife an. Dann fragte er: »Ist der Vorsteher wohl heute noch zu sprechen?«

»Ja«, sagte Nordhoff, »der kömmt gleich; er hat mit dem Jäger allerlei zu besprechen.«

Draußen gingen Schritte, die Tür klinkte auf, und der Jäger trat herein. Er bot die Tageszeit und sagte: »Nordhoff, gebt mir schnell eine Flasche Bier; ich bin ganz dröge im Halse. Es ist doch ein Ende hin vom Donnermoore bis hierher. Und heute will ich durchschlafen; habe jetzt drei Nächte wegen der Birkhähne um die Ohren geschlagen. Sieh, da ist ja auch der Vorsteher! Guten Abend, Garberding! Freimut läßt grüßen; er schimpfte Mord und Brand, daß er nicht mitkonnte, aber er hat viel zu tun und morgen eine Verteidigung in einer schweren Sache. Na, die Sache mit Engelkens Apfelbäumen können wir beide ja auch abmachen.«

Während er aß, besprach er mit dem Vorsteher, wieviel der Anbauer Engelke wohl für den Schaden haben müsse, den die Hasen ihm im Nachwinter gemacht hatten, und dann ging er in seine Schlafkammer.

Da trat Volkmann an den Vorsteher heran. »Ich würde Sie gern in einer Sache sprechen, wenn Sie Zeit haben.« Vollmeier Garberding sah ihn an und nickte.

»Dann geh du man in die Kammer, Ruloff«, sagte Volkmann, »und wenn Sie es nicht übelnehmen, Herr Wirt, am liebsten wär' es mir, wenn ich dem Herrn Vorsteher meine Angelegenheit unter vier Augen vortragen könnte.«

Als er allein mit Garberding war, nannte er seinen Namen. Der Vorsteher sah ihn groß an. »Dann gehört Ihnen ja der Hilgenhof.« Der andere nickte und erzählte, wie es ihm gegangen war, denn der Vorsteher, das sah er dem langen, hageren Mann am Gesichte an, war ein Mensch, der das nicht weiter herumbrachte. So schlug er denn die Hauptstellen aus seinem Lebensbuch vor ihm auf.

Der Vorsteher verzog keine Miene, aber als Volkmann das Buch zuschlug, gab er ihm die Hand und sagte: »Daß Sie kein schlechter Mann sind, weiß ich von Ihrem Oheim, der mir Ihre Sache seinerzeit verklarte, als in den Zeitungen darüber geschrieben wurde. Nun Ihnen der Hof auf dem Hilgenberge zu eigen ist, gehören Sie zu uns, denn der Hof gehört noch zu Reethagen. Das meiste Land hatte der alte Volkmann verpachtet; es ist in guten Händen; für sich hatte er bloß so viel zurückbehalten als er Bedarf dafür hatte. Nach alle dem, was Sie mir erzählen, glaube ich, daß Sie mit der Zeit selber den Bauern spielen können. Ich glaube auch, daß Sie dadurch am besten von Ihren Gedanken abkommen.«

Er sah Volkmann an und fuhr fort: »Die anderen brauchen von Ihrem Vorleben nichts zu wissen; kommt es später rund und haben Sie Verdruß davon, dann wenden Sie sich nur an mich. Klatschen und Neidböcke wachsen auf jedem Boden, aber die mehrsten Leute hier sind anständiger Art. Wenn Sie sich in die hiesige Art schicken und sich zu den Leuten zu stellen wissen, fragt kein einer danach, was Ihnen draußen zugestoßen ist.

So, eins noch: Das meiste Bargeld hat der alte Volkmann für Stiftungen hingegeben; der Rest, der Ihnen zugeschrieben ist, liegt auf dem Amte. Sie werden doch noch jemanden haben, der Sie als Erbberechtigten ausweisen kann? Da Sie ja keine Papiere haben, ist das das nächste, was Sie tun müssen. Morgen früh bei Klocke achte will ich mit Ihnen nach dem Hilgenhofe gehen. Und nun: gute Nacht; lassen Sie sich was Schönes träumen.«

Er stand auf und gab Volkmann die Hand. In der Türe drehte er sich noch um:»Unter uns: Das halbe Haus ist vermietet, aber da ist doch noch Platz genug für Sie. Die eine Hälfte hat der Pächter, und die, wo Ihr Ohm lebte, hat seine Haushältersche, eine Frau Grimpe, ein ganz tüchtiges Frauenzimmer, die auf Hochzeiten und so als Köksche ihren Mann steht.«

Er biß an seiner Zigarre herum. »Ob es das Richtige ist, daß Sie mit ihr zusammenleben, das ist eine andere Sache. Die Frau ist nicht von hier; sie soll alles mögliche gewesen sein, wird erzählt. Hier hält sie sich ganz anständig, aber immerhin, für ganz voll wird sie nicht genommen. Dem alten Volkmann hat sie zwei Jahre die Wirtschaft geführt, aber das war ein alter Mann. Na, es ist ja Ihre Sache, wie Sie sich zu ihr stellen. Also: bis morgen.«

Als Ramaker und Volkmann in dem breiten Bette in der Fremdendönze lagen, sagte Ramaker: »So ein Bett, das ist doch etwas Gutes!« Und Volkmann erwiderte: »Na, du kannst ja nun immer in einem richtigen Bette schlafen.«

Er hatte es sich vorgenommen, den Mann zu behalten. Er war ein Bauernknecht aus der Grafschaft Bentheim; Lüder hatte ihn wintertags im Emsemoore angetroffen, als der Mann, der halb verhungert und ganz ausgefroren war, sich gerade aufhängen wollte, hatte ihm zu essen gegeben und ihm die dummen Gedanken aus dem Kopfe geredet, denn Ramaker war das Leben leid geworden, weil er nirgends in Arbeit behalten wurde.

Er hatte nämlich in der Trunkenheit einen Totschlag begangen, mehr aus Zufall denn aus Absicht, aber durch die Zeugenaussagen wurde der Fall so gedreht, daß er mehrere Jahre bekam. Das hing ihm überall nach.

Nun aber hatte die Not ein Ende. »Bauer«, sagte er zu Volkmann, »du sollst sehen, wie ich arbeiten kann; ich sage dir, wenn ich erst den Pflugsterz in der Hand habe, kennst du mich nicht wieder.

Nein, so ein Glück, so ein Glück!« hatte er noch im Halbschlafe gemurmelt.

Lüder Volkmann lag noch lange wach. Er hatte erst keine große Lust, den Hof zu behalten; er dachte, er wollte ihn verkaufen und mit Ramaker zusammen in Südafrika anfangen, denn er wußte, selbst hier hinten in der Heide würde er doch ab und an gegen seine Vergangenheit anlaufen.

Anderseits: Der Heidhunger, der ihn aus Kanada forttrieb, der würde sich auch in Afrika neben ihn stellen; er stammte aus der Heide, wenn auch sein Vater und sein Ahne Stadtleute gewesen waren. Was man ein Leben nennen konnte, gab es für ihn nur in der Heide; nur, wenn er früher in seiner Heidjagd weidwerkte und Pürschsteige schlug und Kanzeln baute, hatte er sich wohl gefühlt; in der Stadt war er sich eigentlich immer albern vorgekommen zwischen dem lauten, unruhigen Volk, das sich wie die Spatzen benahm; immer in hellen Haufen und ständig den Schnabel offen.

Draußen rief das Käuzchen; Lüder schien es im Anschlafe, als riefe es: »Bliw hier, bliw hier!«

Die Rabenkrähe

Das erste, was er hörte, als er aufwachte, war wieder das Käuzchen, und es rief immer noch: »Bliw hier, bliw hier!«

Er ging in den Hof und wusch sich am Sood; als der Morgenwind ihm das Gesicht abtrocknete, machte ihm die Eule vom Speicherdache einen Diener, rief noch einmal: »Bliw hier!« und verschwand im Ulenloche.

Ein gelbbunter Schäferhund kam aus dem Hause, sah den Fremden erst mißtrauisch an und umging ihn, aber sowie er unter Wind kam, wedelte er, kam heran und ließ sich abliebeln.

Nordhoff, der gerade aus der großen Türe trat, machte runde Augen, als er das sah, denn Strom ging sonst ganz selten zu fremden Leuten, und es war dem Wirte immer ein Zeichen, wie er einen Menschen einschätzen sollte, je nachdem der Hund sich dazu stellte.

Darum machte er die Lippen auf und sagte: »Na, gut geschlafen?« Volkmann nickte, und der Krüger fuhr fort: »Denn haben Sie wohl auch Hunger; wollen Sie Kaffee oder Grütze? Wir sind hier nämlich noch von der altväterlichen Art.« Sein Gast lachte. »Ich auch; ich habe früher gar nichts anderes zur Morgenzeit gegessen«, antwortete er im Heidjerplatt. »Na, dann essen Sie mit uns«, kam es zurück.

»Er spricht platt, also gehört er zu unserer Art«, dachte Nordhoff, und als nachher Lieschen, seine jüngste Tochter, ein scheues Kind, ohne sich zu zieren dem Fremden das Händchen gab und sich auf den Schoß nehmen ließ, sah er seinen Gast mit ganz anderen Augen an als am Abend vorher.

Schlag acht war Volkmann auf Tormanns Hof. Er hatte sich den Bart abgenommen, sich gründlich abgebürstet, seine Schuhe geputzt und sah wieder ganz anständig aus. Als er auf die Deele trat, kam ihm eine riesenhafte Frau von gewaltigem Leibesumfang entgegen, die aber ein Gesicht hatte wie die liebe Güte selber.

»Herzlich willkommen«, rief sie mit einer so dünnen Stimme, daß Volkmann erst dachte, jemand anders hätte das gerufen. »Garberding kommt gleich; setzen Sie sich solange.«

Gleich darauf kam der Vorsteher, begrüßte seinen Gast und ging mit ihm in die Dönze. »Schade, daß Sie nicht etwas besser im Zeuge sind; der Hut ist ziemlich alle.« Er langte in den Schrank. »Der paßt wohl; er ist noch ganz neu. Und hier ist ein reines Halstuch; das sieht gleich ordentlicher aus, und da ist ein Handstock. Übrigens: Meiner Frau habe ich so ungefähr Bescheid gesagt; aus der kommt nichts wieder heraus. Ein bißchen frühstücken wollen wir aber erst einmal. Hier ist Feder und Tinte; da können Sie an den schreiben, der vor Gericht aussagen kann, daß Sie der richtige Erbe sind.«

Volkmann setzte sich an den Schreibtisch und überlegte. Der Rechtsanwalt Freimut fiel ihm ein. Als er am Abend vorher den Namen hörte, hatte er sich bei dem Vorsteher danach erkundigt. Er hatte mit dem Baumeister Schönewolf die Reethagener Jagd.

Volkmann kannte ihn aus einem Verein; näher war er ihm aber nicht gekommen. Das geschah erst an dem Tage, als das Urteil gesprochen wurde. Volkmann sah es noch, als wenn es erst drei Tage her gewesen wäre, wie der lange Mann quer durch den Schwurgerichtssaal storchte, daß sein blonder Bart nur so flog, und ihm mit Tränen in den Augen die Hand schüttelte.

Er wußte, wenn einer, so würde der ihm in jeder Weise beistehen, und so schrieb er ihm in diesem Sinne.

»Du lieber Himmel«, sagte Frau Garberding draußen zu ihrem Mann, »es geht doch nirgendwo toller her als auf der Welt! Was für Takelzeug läuft auf freiem Fuß herum, und diesem Manne da mußte es so gehen.«

Sie stellte das Frühstück hin, und obzwar es erst zwei Stunden her war, daß Volkmann gegessen hatte, so konnte die Bäuerin so gutherzig bitten zuzulangen, daß ihr Gast herzhaft einhieb.

Der Bauer stellte ihm Zigarren und Streichhölzer hin, zog sich die bessere Jacke an, langte seinen Stock her und sagte: »So, von mir aus kann es losgehen!«

Es war ein schöner Vormittag; die Luft war rein und der Himmel blau und weiß, die Vögel sangen, und die Hähne krähten vor Wähligkeit. Der Weg führte zwischen den Wiesen und der Heide hin, so daß Feldlerchen und Dullerchen durcheinandersangen.

Eine Viertelstunde waren sie gegangen, da machte der Vorsteher halt, zeigte auf den Graben vor ihnen und sagte: »Hier hört mein Besitz auf, und da fängt Ihrer an, und das ist der Hilgenhof.« Dabei wies er auf einen Busch, der auf dem Berge lag und aus dessen Bäumen ein weißes Fachwerkhaus mit schwarzen Balken hervorsah und auf das der Weg zulief.

»Es sind alles zusammen vierhundert Morgen ohne den Anteil am Moore; früher waren es noch mehr, aber es ist allerlei davon in andere Hände gekommen, als Ihr Urgroßvater gestorben war. Es ist aber noch mehr als genug und der drittgrößte Hof in der Gemeinde.«

Volkmann wurde die Brust eng; daß er einen so großen Besitz antreten sollte, daran hatte er nicht gedacht, denn er hatte ganz vergessen zu fragen, wieviel Morgen der Hof habe.

War es auch ein Glück zu nennen, daß er ihn erbte, er konnte dessen so recht nicht froh werden; immer und immer wieder klang ihm die Stimme des schönen Mädchens durch den Sinn, und wo er ging und stand, sah er ihr gutes Gesicht und ihr goldenes Haar.

Nicht einmal hatte er daran gedacht, daß er ihr etwas sein könnte, zumal sie ja mit einem anderen versprochen war, denn sie trug einen Ring an der Hand; sein Wunsch ging nicht weiter, als daß er mit Ehren vor ihr stehen könnte.

Immer, wenn sie ihm in den Sinn kam, in ihrem hellen Leinenkleide, frisch und rein und rosig, dann sah er sich mit kahlgeschorenem Kopf und bartlosem, blassem Gesichte, angetan mit dem grauen Linnen des Zuchthäuslers, und ihm war, er müsse sich schämen, daß er an sie dachte, er, der Mann mit dem hingerichteten Namen.

Und nun waren sie vor dem Hilgenhofe. Da lag sein Haus und lachte ihm in der hellen Sonne durch die rauhen Stämme der Hofeichen zu. Ein Hahn krähte zum Willkommen, die Finken schlugen, die Hülsenbüsche hinter der klobigen Findlingsmauer, aus der die

Farne heraushingen, blitzten in der Sonne, gleich als wollten sie den angrünenden Machangeln, die sich zwischen sie quälten, und den blühenden Schlehbüschen, die sich über die Mauer rekelten, den Platz streitig machen und den Efeu von den moosigen Steinen fortdrängen und es nicht zugeben, daß die Wildrosen und die Brummelbeeren ihr Recht behielten und die Hundsveilchen, die Grasnelken, die Windröschen und die Goldnesseln, die da überall blühten. Eine Elster schnatterte in der Pappel, Dohlen lärmten hin und her, und über dem Hausbusche riefen ein paar Turmfalken. Lüder Volkmann tat einen tiefen Atemzug.

»Ja«, sagte sein Begleiter, »der Hof liegt man einmal schön. Nun wollen wir Frau Grimpe Bescheid sagen. Na, die wird Augen machen! Und passen Sie auf, die redet einem ein Loch in den Strumpf, und wenn man Kniestiefel anhat. Da ist sie ja schon!«

Eine untersetzte Frau von rundlicher Gestalt mit dicken, weißen Armen kam aus der Türe; sie mochte so in den dreißiger Jahren sein, sah freundlich und sauber aus, hatte aber einen unsteten Blick.

Sie schoß auf Garberding zu. »Guten Morgen, Herr Vorsteher; wo komme ich zu die Ehre? Wollen Sie nicht ein büschen näher treten? Sie haben doch noch nicht gefrühstückt? Doch! Schade! He, Pollo! Der Hund kann sich immer noch nicht an die Katze gewöhnen, so viele Schläge er darum auch schon gekriegt hat. Ein Glück, daß Sie erst jetzt kommen; bis Uhre sechse haben wir gewurscht; die eine Sau hat Junge gekriegt, acht Stück. Wollen Sie sie mal sehen? Das eine hat, mit Respekt zu sagen, keine Leibesöffnung. Was macht man bloßig damit? Die Ferkel haben ja jetzt gute Preise; vielleicht kann der Tierarzt da was an machen. Oder was meinen Sie, ob 'ne Opratschon Sweck hat? Das arme Tierchen! Es säuft aber trotz alledem. Ja, wer kann vor Malheur!«

»Das ist der Besitzer vom Hilgenhofe, Herr Volkmann«, mit diesen Worten hackte der Vorsteher ihr das Wort vor dem Munde ab.

»Aurelie Grimpe«, stellte sich die Frau mit einem Knickse vor, der Volkmann an den erinnerte, den seine Wirtin, die dicke Hofbäckermeisterfrau, zu machen pflegte, wenn die Herzoginmutter ihr vom Wagen aus zunickte. Einen Augenblick war Frau Grimpe verdutzt, dann aber zog sie die Schleuse wieder auf.

»Meinen ergebensten Glückwunsch, geehrter Herr! Das ist man gut, daß hier wieder ein Mann hinkommt. Soweit es ging, habe ich ja alles in Stande gehalten, aber eine schwache Frau kann nicht das, was ein Mann kann, und so 'n Pächter, na, man weiß ja!«

Der Vorsteher machte lustige Augen und sah ihre Schultern und ihre Arme an, sie aber polterte weiter durch dick und dünn: »Ihrem seligen Herrn Onkel habe ich zwei Jahre die Wirtschaft geführt; eine Seele von Mann war das. Natürlich hatte er seine Grappen; sehen Sie mal da!« Sie zeigte nach der Miststatt. »Da wachsen an die zweihundert Königskerzen, daß man fast nicht mehr heran kann. Glauben Sie, daß die wegdurften? Ordentlich verniensch ist er geworden, als ich darauf zuschlug, und er sagte: ›Das ist das Schönste am ganzen Hof.‹ Na ja, es sieht ja ganz romantisch aus, wenn sie ihre Blüten entfalten, aber die Propertät leidet darunter.

Das schlimmste war, er machte sich aus dem Essen gar nichts. Wenn ich ihn fragte: ›Herr Volkmann‹, fragte ich, ›was soll ich kochen?‹ Dann sagte er: ›Das ist meine Sache nicht.‹ So war er. Ach, du meine Güte, sind doch wahrhaftig wieder die Hühner im Garten! Hscht! Wollt ihr wohl! Ja, und wenn ein Schwein geslachtet werden sollte dann machte er, daß er wege kam, so 'n Herz hatte der Mann! Und keinmal habe ich ein Huhn vor ihm braten dürfen und eine Taube schon gar nicht.

In anderer Weise konnte er dagegen wie ein Stein sein; keinem armen Reisenden gab er auch man zwei Pfennige. ›Bleibt auf dem Lande und arbeitet bei den Bauern! ‹ sagte er einem jeden, wo hier fechten kam. Und wenn auf die Franzosen die Rede kam, denn, wenn der Herr Pastor und der Herr Doktor kamen, dann wurde sehr politisch geredet, dann sagte er: ›Kaputt getrampt muß die Bande werden!‹ Ja, so war er.

Aber nun sehen Sie sich bitte das Haus an; es ist meist allens, wie es war. Die Sammlungen sind an das Museum Bremen gekommen, Käfer und Bienen und Steine und andere Wissenschaftlichkeiten, denn darin war er groß. Denken Sie bloßig, der pflanzte allerhand wilde Blumens an, bloßig damit die wilden Bienen danach kamen. Den ganzen Tag konnte er bei seinen Büchern und Kästen sitzen, und wenn ich ihm sagte, daß das Essen da ist, dann wurde er falsch.

Ischt! Ist mir das Viehzeug von Spatzen bei die jungen Erbsen. Ja, man hat seine liebe Not!«

So ging es in einem Strange fort. Volkmann hörte nur mit einem halben Ohr hin; er sah sich das alte Haus an den Garten mit den gut gepflegten Obstbäumen und Beerensträuchern, die große Alpenanlage, die zwischen dem Hause und dem Grasgarten lag, in der zwischen und auf den Tuffsteinen viele hundert Blumen und Kräuter wuchsen und sich in den kleinen und großen Wasserkübeln spiegelten, die in den Boden eingelassen waren und in denen allerlei Wasserpflanzen gediehen, die Hainbuchenlaube mit dem Steintische und der grünen Bank, von der man einen Blick über die Heide bis zu dem blauen Walde hatte, die sechs Fischteiche, die hinter dem Grasgarten lagen, die Stallungen und den Rest von dem Vieh, das noch geblieben war; er hörte auf die verständigen Worte, die Garberding an ihn richtete, und dachte, daß es vielleicht doch ein Glück wäre, daß der Hof nun sein Eigentum sei.

Vor ihm, neben ihm und hinter ihm, je nachdem, was sie zu zeigen hatte, witschte Aurelie Grimpe hin und redete Korn und Kaff durcheinander.

Er aber hörte nicht mehr darauf als auf das, was die schwarze Krähe quarrte, die über den Hof wegflog.

Die Schwalbe

Es kamen nun zwei graue Regentage, legten sich auf das Land und drückten des Hilgenhoferben Stimmung zu Boden.

Mit ernstem Gesichte half er Nordhoff bei der Arbeit auf dem Hofe, denn der Krüger hatte die Wirtschaft und den Kramladen nur so nebenbei, und Ramaker arbeitete auf dem Felde mit, weil der Knecht eine schlimme Hand hatte. Den beiden Männern kam das sehr zupasse, denn Volkmanns letzter Taler war verzehrt, und so konnten sie Kost und Nachtlager mit ihrer Hände Arbeit bezahlen.

Als am Sonnabendnachmittag Feierabend gemacht wurde, kam die Sonne durch. Lüder setzte sich in den Garten und machte dem kleinen Lieschen eine Puppe, und Strom, der immer bei ihm war, sah zu. Im blühenden Kirschbaume sang die Schwarzdrossel. Die Grauartschen schwatzten auf der Hecke, und von dem Windbrette zwitscherten die Schwalben.

»So«, sagte Volkmann, »nun ist sie fertig, die Puppe. Und jetzt geh nach deiner Mutter; es ist Abendbrotzeit für dich.« Das Kind nahm ihn in den Arm und gab ihm einen Kuß auf die Backe, bei dem es dem Manne warm ums Herz wurde; dann lief es mit glänzenden Augen in das Haus, und Strom schwänzelte hinterher.

Volkmann steckte sich eine Zigarre an und sah nach den gelben Osterblumen hin, die in dicken Horsten aus dem Rasen kamen und um die ein Ackermännchen herumsprang und nach Fliegen schnappte. Über ihm zwitscherte die Schwalbe in einem fort.

Seine Stirn hellte sich auf: ja, er wollte es wagen, wollte den Hof auf dem Hilgenberge antreten, wollte dahinten in der Heide ein Bauer werden, von dessen Giebel die Schwalbe lustig zwitscherte, und nicht wieder staubige Straßen fahren, an denen der Ortolan sein müdes Lied sang.

Die Welt der Stadtleute lag abseits von seinem Wege; das Schicksal hatte ihn nach harter Buße dahin gestellt, wo er hingehörte, in die Heide; es hatte ihm den Pflugsterz in die Hand gegeben, und er wollte ihn festhalten. Und das Geschick hatte ihm einen Gehilfen gegeben in dem heimatlosen Knecht, so daß er nicht ganz alleine mit sich und seiner Erinnerung war.

Ein Wagen hielt vor der Wirtschaft, und eine tiefe Männerstimme, die Lüder bekannt vorkam, rief die Tageszeit. Dann kamen Schritte über den Gang, ein Schatten fiel über das Gras, und als Volkmann aufsah, stand der lange Freimut vor ihm. Bis auf einige graue Haare war er noch derselbe Mann wie vordem; seine Augen hatten noch denselben Kinderblick, und der blonde Bart bedeckte die ganze Oberbrust. Er war in Jagdkittel und Manchesterhosen und trug Schmierstiefel.

Er stand vor Volkmann, lächelte und schüttelte den Kopf. »Da schlag doch Gott den Deubel dot! Sagt bloß, wo kommt Ihr eigentlich her? Wir lauern und lauern, aber kein Volkmann läßt sich sehen. Einen Preis haben wir auf Euer edles Haupt gesetzt, bestehend in zwölf Pullen Forster Kirchenstück Auslese; aber selbst das half nicht. Schließlich hieß es, Wodan habe eine seiner Schwertjungfern losgeschickt und Euch zu einem längeren Abendschoppen gebeten.

Doch Spaß beiseite. Jetzt wollen wir einmal ernsthaft reden: Was trinkt Ihr lieber, weiß oder rot? Denn ich habe meinen eigenen Wein hier. Die Sache ist nämlich die: Baumeister Schönewolf, auch einer von uns Niefelheimern, und ich, wir haben die Jagd hier, fünfzehntausend Morgen zusammenhängend, uneingerechnet das große Moor, denn da weiß kein Deubel die Grenze, und der Hilgenhof gehört mit dazu.

Eine Frage noch: Wer kennt Eure Verhältnisse hier? Der Vorsteher! Bonus, wie der Küchenlateiner sagt; dann sind wir unser vier: tres faciunt collegium, alleine vier ist auch nicht dumm.«

Er rief in das Haus hinein: »Deern, lauf mal nach dem Vorsteher, er möchte sofort kommen; eine wichtige Angelegenheit harret seiner. Kriegst auch nachher 'n Söten!« Das Mädchen quiekte und lief los. »Und nun an die Gewehre! Ich habe einen Schmacht, daß ich Matzes fressen könnte.«

In der besseren Stube saß der Baumeister und streckte Volkmann die Hand hin. Freimut sagte: »Unser Freund weiß Bescheid; er hat Euretwegen einen Lümmel einmal backgepfiffen und ihm nachher eine tadellose Terz in die Rippen gesetzt. So, nun wollen wir der selbstgeschlachteten Wurst die gebührende Ehre antun. Da ist ja auch der Vorsteher! Guten Abend, Vater Garberding, comment vous portemonnez-vous? Und nun, ihr deutschen Männer«, er füllte vier Gläser mit altem Korn, »erhebet euch und die Stimmen zum uralten germanischen Weihegesang: Wenn alle eenen hebbt, will eck ook eenen hebben! Denn so ist es der Brauch bei den Mannen, so im Rheinischen Hof in Niefelheim, der Stätte der Greuel, nächtlicherweile tagen.

Und ich soll euch grüßen von der ganzen Schwefelbande, vor allem vom kleinen Doktor, der mitgekommen wäre, wenn er nicht zufällig grade heute freite, und von Knüppel, dem Kunstmaler aus Deutschland, der ein Weib genommen hat und sich nur noch sonnabends betrinken darf, aber nur ein ganz bißchen. Und hallo, das Wichtigste; als ich grade in die Bahn stieg, sah ich Herrn Mehls; er hat sein ganzes Geld an Kuxen verjuxt, und ich führe fünf Prozesse gegen ihn, und an dem Tage, wo er soweit ist, daß er sich sein Mittag aus dem Mülleimer sucht, da will ich dem heiligen Hubertus eine Kerze stiften für hundert Reichsmark.«

Lüder schwoll die Brust, als er den Namen Mehls hörte. Das war der Mann, der ihn zu Tode gehetzt hatte, einst sein Freund und dann sein Todfeind, den seine politischen Gegner auf seine Wundfährte gelegt hatten, um ihn zur Strecke zu bringen.

»Ja«, sprach der Rechtsanwalt und warf seinem Hunde eine Handvoll Wursthäute hin, »auf dem Bauche soll er kriechen und Staub fressen, der Schweinehund. Ich habe jetzt ein paar Wechsel von ihm in der Hand, damit bringe ich ihn an den Galgen. Seine zweite Frau, wenn es nicht schon die dritte ist, ist ihm ausgerückt, sein Haus ist ihm verkauft, keinen Kredit hat er ooch nicht mehr. Kinder, das Leben ist doch schön! Es lebe das edle Weidwerk und die Jagd auf das Raubzeug! Horüdhoh, do, do, do, do!«

Es wurde ein gemütlicher Abend; der Vorsteher, der sich sonst sehr zurückhielt, taute auf, denn er mochte den langen Rechtsanwalt gern und den Baumeister auch.

Als der Tisch abgeräumt war, wurden Volkmanns Angelegenheiten besprochen. Garberding und Schönewolf waren der Meinung, daß Volkmann den Hof selbst bewirtschaften sollte; Freimut sagte nichts dazu. Nachdem Garberding sich verabschiedet hatte und

Schönewolf, der vor Tau und Tag zur Birkenhahnbalz in das Moor wollte, zu Bett gegangen war, sagte er:

»Das mit dem Hofe halte ich für Duffsinn. Zum ersten, weil Ihr von der dicken Kartoffelzucht nichts versteht, zum zweiten, weil es ein bethlehemitischer Kindesmord wäre, wenn Ihr Euch hier verkriechen wolltet. Freunde habt Ihr genug; ich würde kaltlächelnd wieder die Feder in die Faust nehmen und darauf loshauen. Wir haben damals bei der ganzen befreundeten Presse angefragt, ob sie ferner von Euch Leitartikel und Kunstbesprechungen nehmen würde, und überall hieß es: ›Nun grade!‹ Verpachtet den Hof gut, behaltet Euch eine Stube vor, damit Ihr mit uns jagen könnt, oder noch besser zwei, dann sind wir gleich mitten drin in der Jagd, denn dem guten Nordhoff liegt an Bett- und Mittagsgästen scheußlich wenig, und er ist froh, wenn wir ihm sein Bitterbier austrinken und ihn sonst in Frieden lassen. Ihr gehört vorne an, Mann, und nicht hinten in die Heide. Das ist meine Meinung.«

Volkmann schüttelte den Kopf. »Nein, lieber Freimut, ich bleibe hier. Erstens ekelt mich die Parteipolitik an; denn ob schwarz, blau oder rot, mit Wasser wird überall gekocht, mit sehr trübem Wasser oft. Selbst bei meiner niedersächsischen Bauernzeitung, bei der ich doch alle Parteiklüngelei ausließ, habe ich mich oft drehen und wenden müssen. Und meine anderen Schreibereien? Du lieber Himmel, das, was ich als Kunstkritiker und im Feuilleton leistete, das können hundert andere auch und manche viel besser. Überhaupt ist mir alles, was nach Luxus und Asphalt riecht, in der Seele verhaßt, am wohlsten habe ich mich gefühlt, als ich im Blockhause lebte und keine andere Gesellschaft hatte als meine Margerit, meinen Schweißhund und den Homer.

Unsere Parteipolitik, unsere Kunst, unser Feuilleton, lieber Mann, es ist wie der Asphalt; es sieht glatt und sauber aus, und besieht man es in der Sonne, dann klebt es und stinkt. Ich danke ergebenste Ich will das werden, was meine Ahnen waren: ein Bauer und von dem ganzen Stadtkrempel mit seiner Talmikultur keinen Schwanzzipfel mehr sehen. Habe ich mich in Kanada, wo doch das Wort gilt: Trapping for sport very well, for life damned, bequem durchgebracht und noch einen Rucksack voll Dollarnoten dabei übrig gehabt, so werde ich hier auch schon durchkommen. Und ich habe ja

Ruloff Ramaker bei mir. Ich weiß, Ihr meint das gut mit mir, aber ich habe mit allem abgeschlossen, was außerhalb meines Ichs liegt.«

Gellendes Hasenquäken weckte ihn am anderen Morgen. Er fuhr im Bette in die Höhe, das er jetzt allein hatte, da Ramaker bei dem Knechte schlief, und sah Freimut vor sich stehen.

»Auf! sprach der Fuchs zum Hasen. Hörst du nicht den Jäger blasen?« schrie der und warf ihm einen Jagdanzug auf das Bett. »Host Euch damit an, Hochedler, denn Eure Kluft ist mehr interessant als sonntagsmäßig. Wir wollen dem Amtsrichter auf die Bude rücken; ich bin gestern bei ihm vorgefahren, und er erwartet uns. Wir duzen uns beide; er war mit mir in Berlin im V. d. St., und mit seiner Frau bin ich so auf Umwegen auch noch verwandt, denn sie ist eine Hasselmann, Schwester von unserem Hasselmann, der jetzt in Deutsch-Südwest herumtobt.

Donnerhagel, sitzt Euch das Zeug fein, besser als mir! Hier ist ein Hut und hier ein Wanderstab, wie es sich für den deutschen Mann gehört. Der Vorsteher schickt ihn; Ihr sollt ihn behalten. Seht, da hat er die Volkmannsche Hausmarke hineingeschnitten.«

Hell leuchtete aus dem dunklen Schlehenstocke die alte Eigenrune der Hilgenbauern heraus, und Volkmann wurde seltsam zumute, als er den Stock in die Hand nahm; ihm war es, als träte er damit das Erbe an.

Sie frühstückten und fuhren los. Die Birkenstämme an der Straße blitzten in der Sonne und wehten mit ihrem grünen Gezweige, die Wiesen waren weiß vom Schaumkraut, die Grabenufer leuchteten von den gelben Kohmolken, überall stelzten die Störche umher, und die Luft war voll Lerchengesang und Krähengequarre.

Das ganze Land sah aus, als wenn es frisch aus der Wäsche gekommen wäre, alle Leute, die ihnen begegneten, hatten blanke Augen, und vor jedem Hause war Hundegekläff und hinter allen Hahnengekrähe.

Der Anwalt schlug Volkmann auf den Schenkel. »Mann, ich glaube, Ihr habt recht; ist das hier schön! Ich wollte verdammt auch lieber hinter dem Pfluge gehen als Akten durchwurzeln und Verteidigungsreden herausrasseln. Hol's der Deuwel!«

Amtsrichter Ketel Frerksen winkte mit der langen Pfeife, als der Wagen herankam. Er war lang und schlank, und man sah ihm den Reserveleutnant an, aber sein Benehmen war das des frohen Burschen, der auf der hohen Schule gewesen war.

»Freut mich von Herzen, Sie kennenzulernen«, rief er und drückte Volkmann die Hand. »Kommen Sie, erst will ich Sie meiner Familie vorstellen.« Er schob seine Gäste in den Garten, wo ein zierliches Frauchen, einen anderthalbjährigen Blondkopf an der linken Hand, mit dem Spargelstecher zwischen den Beeten herumspähte.

»Hier, Lottchen, das ist Herr Volkmann, genannt der Hilgenbur, und das ist mein ältester Sohn, Ubbe Ketelsen; wir sind nämlich Friesen. Und da ist das Frühstück: selbstgeschlachtete Radieschen, selbstgesäte Würste und Spargelsalat gibt es auch, und der Handkäse läuft weg, wenn wir ihn nicht schlachten. Aber was hat denn der Junge? Du willst zu dem fremden Onkel auf den Arm? Das ist doch sonst deine Art nicht? Komm, Väterchen will dich nehmen! Nicht? Na, das ist die Höhe!«

Volkmann nahm das Kind hin, das ihm die Backen strich, ihn fest in den Arm nahm und ihm einen Kuß auf das Haar gab. Die hübsche Frau des Amtsrichters schlug die Hände zusammen. »Das hat er noch nie bei einem Fremden getan, noch nicht einmal bei seiner Minna. Bitte, Minna, nehmen Sie das Kind.«

Das Mädchen kam, aber der Junge fing gefährlich an zu brüllen, als er von Volkmann fort sollte, er klammerte sich fest an ihn an und jubelte auf, als Lüder der Magd abwinkte, und er jauchzte vor Wonne, als er aus der braunen Hand ein Butterbrötchen bekam.

Das Ehepaar saß ganz verwundert da. Dem Hilgenbauer aber war zumute, als streichelte die kleine weiche Hand, die ihm über die Backen fuhr, jede Erinnerung an die graue Zeit fort.

In der Linde vor der Laube zwitscherte die Schwalbe.

Der Wendehals

Lüder Volkmann hatte die Erbschaft angetreten; es gereute ihn keineswegs.

Zuerst wußte er nicht, was er so recht anfangen sollte, da Lembke, der das Ackerland und einen Teil der Wiesen in Pacht hatte, vorderhand allein mit der Arbeit fertig wurde, zumal Ramaker ihm von früh bis spät half, ohne mehr zu verlangen als Essen und Trinken und freien Tabak.

Freimut und Schönewolf hatten Volkmann gebeten, die Aufsicht über die Jagd zu übernehmen, und ihm freie Flinte dafür gewährt, und so lag er die meiste Zeit draußen, weniger, um zu weidwerken, als um die Zeit totzuschlagen.

Auf die Dauer wurde ihm das aber langweilig, und er suchte sich Arbeit. In Reethagen hatte er einen ganzen Vormittag dem Strohdecker zugesehen, und da das Hausdach auf der Wetterseite schadhaft geworden war, so lieh er sich von ihm die Dachstühle, das Dachmesser, die Dachnadel und das Dachholz, ließ sich Bindedraht besorgen und machte sich mit Ramaker daran, das Dach zu flicken.

Anfangs hatte er vor, nur eine kleine Ecke auszubessern, aber dann fand er, daß die ganze Dachkante undicht war, und da Stroh genug da war für die Schoofe, so ließ er nicht eher nach, als bis keine Fehlstelle mehr an dem ganzen Dach war.

Sodann sah er sich nach anderem Tagewerk um. Der Zaun zwischen dem Hofe und dem Grasgarten war morsch; er sägte Ständer und Latten zurecht und setzte einen Zaun hin, daß Frau Grimpe die Hände zusammenschlug und rief: »Nein, Herr Volkmann, aber über Ihnen aber auch! An Sie ist ja ein Tischlermeister verlorengegangen.«

Die Fischteiche waren arg verschlammt, denn davon hatte Lembke keinen Verstand; so ließ der Bauer einen nach dem anderen ab, reinigte und vertiefte ihn, düngte ihn und ließ ihn sich begrünen und besetzte ihn.

Je mehr er sich umsah, um so mehr fand er, was nicht in der Reihe war; hier fehlte ein Brett, da stockte ein Graben, dort sackte ein

Weg weg; Lüder hatte allmählich so viel zu tischlern, zu graben und zu dämmen, daß ihm kein Tag mehr lang wurde.

Der alte Immenschauer fiel fast um; er baute an einer besseren Stelle einen neuen, der doppelt so viel Stöcke aufnahm, und acht Tage lang quälte er sich damit ab, die Bohlen auf dem Heuboden, von denen mehrere sehr schlecht waren, auszuflicken oder zu ersetzen, und Frau Grimpe sah bewundernd zu und rief: »Nein, Herr Volkmann, als wenn Sie auf Zimmermann studiert hätten!«

Aurelie Grimpes Herz hatte allerlei Liebe aushalten müssen, aber sie fühlte sich frisch genug, es noch einmal damit zu versuchen.

Je länger der Bauer auf dem Hofe war, um so heißer wurde es ihr unter dem Schürzenlatze, der jetzt immer schlohweiß war, wie sie denn auch seitdem am Kopfe und an den Füßen stets herumging, wie aus der Beilade genommen.

Das Haus hielt sie sauber, daß es eine Freude war, und obzwar sie wieder angefangen hatte, im stillen Kämmerlein mit Feile, Rosawachs und Wildleder ihre Hände so zu pflegen wie damals, als sie noch Dreimarkchampagner für vier Taler an ihre Gäste verkaufte, wenn die Mädchen ihnen die Köpfe heiß gemacht hatten, den Garten hielt sie so schnicker wie vordem.

Dumm war sie nicht; sie hatte es sofort herausbekommen, daß der Bauer keiner von den Männern war, die man leicht einfängt; so sparte sie ihre runden Armbewegungen und ihre einladenden Blicke, legte in ihr Lächeln so viel Mütterlichkeit, wie sie auftreiben konnte, und ließ ihre Zunge Schritt laufen, so schwer ihr das auch wurde.

Sie wollte den schönen, großen Mann langsam an sich herangewöhnen, ihn leinenführig machen und ihn so weit bringen, daß er sich sagen mußte: »Aurelie Grimpe oder keine!«

Vorläufig schien es damit allerdings noch gute Weile zu haben, denn der Bauer sah weder die krausen Nackenlocken und die weißen Arme noch den innigen Augenaufschlag und das mütterliche Lächeln; er ging und kam mit kurzem Gruße, und wenn er mit der Frau sprach, dann war es um alltägliche Dinge und geschah in derselben trockenen Art, mit der er zu dem Pächter sprach.

Aurelie Grimpe stellte sich oft genug in ihrer Dönze vor den Spiegel, knetete sich die Krähenfüße von den Schläfen weg, zupfte die Stirnlöckchen zurecht und fragte ihr Widerbild ganz erstaunt, wie es wohl möglich wäre, daß ein so strammer Kerl, der rein nichts an der Hand habe, an einer so schieren und molligen Frau, wie sie war, Aurelie Grimpe, geborene und so weiter, vorbeisehen könne, als wenn sie die Altmutter Lembke mit dem kahlen Scheitel und dem leeren Munde wäre.

Alles mögliche hatte sie angestellt, um dem Bauern zu beweisen, daß sie Verständnis für höhere Bildung habe; sie hatte ihn gefragt, ob sie sich aus dem Rest der Bücher, die der alte Volkmann zurückgelassen hatte, Leselektüre holen dürfe, aber der Bauer hatte nur »Bitte schön« gesagt, und als sie ihn fragte, was dies oder jenes in dem Buche bedeute, da hatte er, ohne eine Miene zu verziehen, gesagt: »Das verstehen Sie doch nicht!« und war an seine Arbeit gegangen.

Dann hatte sie eine Zeitung, in der das Allerneueste zu finden war, bestellt, und nun ging es ab und zu: »Herr Volkmann, haben Sie schon gehört?« oder: »Herr Volkmann, denken Sie sich bloßig.« Er aber sagte: »Tun Sie mir den einzigen Gefallen und lassen Sie mich mit solchen Geschichten in Frieden!« Er sagte das ganz freundlich, aber es betrübte sie doch sehr, daß es ihr nicht gelingen wollte, einen Weg von ihrem zu seinem Herzen zu finden.

Obzwar sie anfangs nur an die gute Versorgung gedacht hatte, mit der Zeit fing sie an zu brennen wie eine alte Scheune und stellte mit Besorgnis fest, daß sie, wenn sie nicht ihren Zweck erreichte, auf dem besten Wege wäre, den Glanz ihrer Augen und die Frische ihrer Farbe loszuwerden, und so beugte sie dem mit Antimon und Karmin vor, das der geheimnisvolle Kasten enthielt, den sie in den Tiefen ihres großmächtigen Reisekorbs verborgen hielt.

Das Allerbetrüblichste aber war, daß der alte Spruch, der da sagt, daß die Liebe durch den Magen gehe, auf Volkmann durchaus nicht zutraf. Sie hatte sich alle Mühe gegeben, um herauszubringen, was wohl seine Leibgerichte wären, aber immer und immer wieder hatte sie in die Brennesseln gefaßt, wenn sie danach fragte.

Er aß Morgen für Morgen seinen steifen Buchweizenbrei mit einer dreizolldicken Hausbrotschnitte, er war zufrieden, wenn es zum

Frühstück acht Tage dieselbe langweilige Wurst oder ein und denselben gemeinen Käse gab, er fragte nicht danach, ob die Kartoffeln kroß mit Speck oder mit Butter weich gebraten waren, ob die dicke Milch alt oder jung, ob das Rauchfleisch herzlich schmeckte oder streng.

»Die reine Dranktonne«, dachte Aurelie Grimpe mit Wehmut und verzweifelte immer mehr, wenn sie sah, daß er den einen Tag die halbkalten Pellkartoffeln mit dem alten Speck ebenso gleichgültig hinunteraß wie tags zuvor die schöne Gemüsesuppe mit dem zarten Schinkenende darin. Das gefiel ihr nicht an dem Manne.

Eines Sonntagsnachmittags, als Lembkes in das Dorf gegangen waren, beschloß sie, drei Pferde vor den Wagen zu spannen, um durch den Sand zu kommen.

Der Bauer schlief, denn er war um zwei Uhr in der Nacht aufgestanden und mit dem Drilling und Söllmann, dem Schweißhunde Freimuts, losgegangen, weil er vermutete, daß hinten im Moor gewildert wurde. Er war erst gegen Mittag nach Hause gekommen und hatte sich dann lang gemacht.

Aurelie sagte sich, daß die Gelegenheit günstig wäre, die dicken Trümpfe auszuspielen.

Sie zog ihre süßesten Strümpfe und ihre zuckrigsten Schuhe an, ein Spitzenhemd und ein Korsett, wie es das weit und breit nicht gab, und einen Unterrock, der gerade so lang war, wie er sein sollte, machte sich ihr Haar so hübsch wie möglich, gab ihren Augen durch ein wenig Antimon noch mehr Feuer, sah sich lange im Spiegel an, machte sich einen Knicks, langte ihren Handspiegel her, besah sich von hinterwärts, und dann setzte sie sich auf den Bettrand und wartete.

Sie mußte sehr lange warten, so lange, daß ihr allerlei dumme Gedanken kamen, Gedanken, die nicht gerade geeignet waren, ihren Augen helleren Glanz und ihren Backen mehr Farbe zu geben. Sie wurde müde, aber sie wagte nicht zu schlafen, einmal der wunderbaren Haaraufmachung wegen, und dann überhaupt und so.

Sie sah ihr Fotografiealbum durch, in dem meistens aufgedonnerte Mädchen mit weit aufgerissenen Augen zu sehen waren und Männer unterschiedlicher Art, ordnete den Inhalt ihres Reisekorbes, in den sie niemals einen Menschen hineinsehen ließ, und las schließlich zum soundsovielten Male in den gelben Heften, auf deren Vorderblatt ein Männerkopf mit rabenschwarzen Locken zu sehen war, worunter die Worte standen: Memoiren eines Scharfrichters oder das Geheimnis der Gräfin Olga.

Auf einmal sprang sie auf; sie hatte gehört, daß im Flett Schritte gingen. Sie trällerte ein Liedchen vor sich hin, warf einen Blick in den Spiegel, rumpelte einen Stuhl hin und her, zupfte sich eine Locke zurecht, rieb sich unter den Augen umher, die vom langen Warten Fensterladen bekommen hatten, warf noch einen Blick in den Spiegel, übte schnell einen züchtigen Augenaufschlag ein, ergriff die Blechkanne und schoß in demselben Augenblick, als die Schritte des Mannes ihrer Tür gegenüber waren, heraus und Volkmann mitten vor den Leib.

Die Kanne fallen lassen, einen gellenden Jungfernschrei ausstoßen und gleich hinterher den Atem anhalten, so daß etwas Ähnliches wie Schamröte ihr Gesicht färbte, die runde Hand an das Korsett pressen, doch so, daß die schöne Hemdenspitze nicht verdeckt wurde, und dann mit wildem Busengewoge nach Atem ringen und schmachtend jappen: »Oh, Herr Volkmann, wie hab' ich mir doch verschrocken; daß Sie mir auch so sehen müssen!«, das war alles eins.

Der Bauer aber änderte sein Gesicht kein bißchen und liebelte nur den Hund ab, der vor Schreck zurückgefahren war, als ihm die Kanne vor der Nase hinknallte; gleichgültig sah der Mann auf die sorgfältig hergestellte Pracht, und während Aurelie Grimpe in ihre Kammer zurückschoß, schnitt er für sich und den Hund Brot und Speck ab, wickelte es ein, steckte es in die Tasche, langte den Drilling von dem Rehgehörn am Türrahmen und ging über den Hof.

Als er im Grasgarten war, blieb er stehen, denn im Apfelbaum saß der Wendehals, schrie nach der Schwierigkeit und drehte den Hals wie albern. Und da mußte der Bauer im Halse lachen, denn es fiel ihm ein, welche Mühe die gute Aurelie sich seit Wochen um ihn mit Augenverdrehen und Halsverrenken gegeben hatte, just so wie der Wendehals, der in dem Apfelbaum saß.

Aber dann ging das Lächeln aus seinem Gesicht fort. Das Weibsstück war ihm längst zuwider, einmal wegen ihrer schwarzen

Kraushaare, dann wegen ihrer Anschummelei, und außerdem wußte er, was mit ihr los war, denn als Freimut sie das erste Mal sah, hatte er hinterher in der Heide gesagt: »Mann, wie kommt dieses Besteck hierher? Ich dachte, die hätte der Satan längst lotweise geholt. Aurelie Grimpe, geborene Szimbowska aus Filehne, eheverlassene Juckenack und eheentlaufene Grimpe, unter dem Übelnamen die Gräwin weit bekannt an den Stätten, wo die Orchideen der Nacht wachsen, mehrfach wegen Begünstigung der Kuppelei hineingerasselt und wegen schweren Kuppelpelzhandels leider freigesprochen. Backt ihr eine Zehnpfennigmarke auf und schickt sie als Muster ohne jeglichen Wert dahin, wo der spanische Pfeffer wächst, denn das Weibsbild taugt in dem Grund nichts!«

Volkmann hatte derartiges schon immer geahnt, aber nicht recht gewußt, wie er es anstellen sollte, um die Person loszuwerden; jetzt, nach dem Bajonettangriff, den sie auf ihn verübt hatte, wollte er ihr aber aufsagen.

Während er das bei seinem Gange über die Heide mit sich abmachte, lag Aurelie auf ihrem Bett, biß in die Kissen, strampelte mit den Beinen, daß die Lackspitzen an ihren Schuhen Sprünge kriegten, sauste dann auf die Deele, schmiß einen Teller auseinander, gab der Katze, die entsetzt unter dem Brennholze hervorschoß, einen Tritt, warf sich in den Spinnstuhl, heulte ihre feine Hemdenspitze naß, und dann ermannte sie sich, ging an den Schrank und trank drei Schnäpse.

Als Lembkes zurückkehrten, saß sie in einem ehrbaren Kleide und in biederen Strümpfen vor der Tür und strickte, wie es sich für eine gute Haushälterin gehört.

Neben sich hatte sie das Gesangbuch liegen.

Der Kuckuck

Es war außer Aurelie Grimpe noch jemand auf dem Hofe, oder vielmehr, es waren zwei, die mit Lüder Volkmann nicht zufrieden waren, nämlich der Pächter Lembke und seine Ehefrau.

Lembke stammte aus der Lüchower Gegend; er war ein Mann mit zerknittertem Gesicht und einem Benehmen wie eine Birke bei Sturmwind; seine Frau blühte wie eine Pfingstrose, und wo sie ging, da stand das Gras so bald nicht wieder auf.

Es war dem Pächter schlecht zupasse gekommen, als Volkmann plötzlich da war wie der Habicht zwischen den Hühnern, aber als er ihn reden hörte, die Schmisse sah und bemerkte, wie der Rechtsanwalt und der Baumeister sich zu ihm stellten, da meinte Lembke zu seiner Frau:

»Kaline, ich glaube, wir brauchen keine Bange nicht zu haben, brauchen wir nicht, daß es anders werden tut; das ist ein studierter Herr, ist er, wenn er jetzt auch man wie ein Pracher aussehen tut. Der wird sich die Hände nicht schwarz machen, wird er nicht. Wenn er das Pachtgeld hat, wird er in die Stadt fahren und es verwichsen, wird er, und wenn er keins hat, wird er hierbleiben und auf die Jagd gehen, wird er. Und so wird er mit der Zeit mehr Geld brauchen, wird er, als der Hof abwirft, glaube ich, und wir werden ihm etwas vorschießen, werden wir, oder Land abkaufen, und so bei kleinem wird der Hof unser werden, wird er.«

Kaline hatte genickt und von der krummbeinigen Gestalt ihres Mannes zu dem Bauern hingesehen, der lang und schlank über den Hof ging.

Lembkes merkten aber bald, daß Volkmann nicht daran dachte sich selber das Wasser abzugraben; zwar ging er anfangs viel mit dem Gewehre los, aber als das Geld vom Gerichte kam, fuhr er damit nicht in die Stadt, sondern gab das meiste dem Vorsteher, der es auf die Kreissparkasse brachte.

Auch feine Kleider kaufte er sich nicht und weder gute Zigarren noch dergleichen; er trug sich wie die Bauern und Knechte, rauchte seine Pfeife und sonntags wohl einmal eine Zigarre von Nordhoff, der ein ganz gutes Kraut führte, das ihm der Baumeister besorgt hatte; im Essen und Trinken war er nicht anders als der gemeine Mann, obzwar er dreist mehr dafür anlegen konnte, wenn er gewollt hätte.

Nach vier Wochen sagte Lembke zu seiner Frau: »Wenn das so beibleibt, Kaline, dann wird der Hof nicht unser, wird er nicht!«

Als der Bauer dann anfing, das Strohdach zu flicken, und den neuen Zaun hinstellte und das Immenschauer baute und den Heuboden zurechtmachte, da ließ Lembke die Ohren immer mehr hängen, und als Volkmann hier den Graben und dort den Weg ausbesserte, die Fischteiche austiefte und alles in die Reihe brachte, was nicht ganz eben war, da sah Lembke immer scheeläugiger, achtete auf alles, was nicht ganz in der Ordnung war, und machte es schnell selber zurecht, damit der Bauer sich das Arbeiten nicht noch mehr angewöhnen solle.

Die Folge davon war, daß der Hof wie abgeleckt aussah, so daß der Vorsteher, der ab und zu kam, die Augenbrauen hochnahm und sagte: »Bei mir sieht es doch auch ordentlich aus, Hilgenbur, aber bei dir, das ist ja, als wenn jedweden Tag Wochenabend ist.«

»Kaline«, sagte eines Abends Jochen Lembke, als er im Bett lag, »Kaline, was ich dir sagen will, sage ich dir, wie fangen wir es an? Gestern hat er mir beis Torfriegeln geholfen, hat er, und dann sagt er, beis Heumachen will er auch helfen, will er. Und ich sage dir, Kaline, sage ich, er hat das Kleemähen raus, hat er, und wenn die Ernte hin ist, dann kann er mähen als wie ich, kann er. Wo er das man gelernt hat, das Umgehen mit die Axt und die Säge, als wie ein gelernter Zimmermann kann er es, Kaline, kann er.«

Aber Frau Lembke sagte: »Drähn nicht so viel, ich will schlafen!« Und damit drehte sie sich um und dachte daran, wie glatt es ausgesehen hatte, als der Bauer den Vormittag in Hemd und Hose Holz kleingemacht hatte und sein Haar in der Sonne aussah wie eitel Gold. Jochens Haar sah aus wie altes Dachstroh.

Aber wenn sie ihren Jochen auch nur genommen hatte, weil es klapperte und klingelte, wenn er sich auf die Tasche schlug, deswegen blieb er doch ihr Mann, und wenn sie ihm auch nicht so nachsah wie dem Bauern, so gehörte sie dennoch zu ihm.

Sie hatte es längst gemerkt, daß Aurelie Grimpe dem Bauern Blumen und Buntpapier auf den Weg warf, daß ihm aber sowenig daran lag, als wenn es Häcksel gewesen wäre, und daß er der Haushälterin nicht mehr, als nötig war, Rede und Antwort stand und dabei meistens anderswohin sah.

Dagegen, wenn er mit ihr selber sprach, sah er ihr voll in die Augen, stand auch gern bei ihr, wenn sie beim Melken war oder das Federvieh fütterte, und es kam ihr manches Mal so vor, als wenn er hinter ihr hersah, vorzüglich, wenn sie in bloßen Armen war oder die Röcke aufgesteckt hatte. Und so machte sie sich einen Plan zurecht, bei dem sowohl sie selber wie Jochen auf seine Kosten kommen sollte.

Den ganzen nächsten Tag dachte sie darüber nach, und da es sich gerade traf, daß der Bauer die Tür vor ihr aufmachte, als sie in jeder Hand eine Satte Dickmilch hatte und der Zug die Türe zuschmiß, so erblickte sie darin eine Liebeserklärung deutlichster Art; als er ihr zudem hinterher beim Futteraufschütten half und ihr das Wasserholen abnahm, da stand es bei ihr fest, daß ihr Plan nicht uneben war.

»Jochen«, sagte sie, als sie abends im Bette lag, »Jochen, hör zu; ich glaube, ich weiß, wie wir ihn herumkriegen. Es ist doch gegen die Natur, daß so ein Kerl wie er keine Frau und auch sonst nichts hat, denn was die Grimpesche ist, und wenn sie ihm auch noch soviel mit ihren Locken und weißen Schürzen unter die Augen geht, so macht er sich noch nicht einmal so viel aus ihr wie aus unserer Mutter.

Nun hör zu, Jochen, und versteh mich auch recht: Auf mich hat er ein Auge, an mir sieht er nicht vorbei, wenn er zu mir redet, und ich kann es ohne Hoffärtigkeit sagen, er sieht manches liebe Mal hinter mir her, wenn ich bei ihm vorbei muß. Und denn: Alle Augenblicke geht er mir zur Hand im Garten oder beim Vieh; gestern hat er die Tür vor mir aufgemacht und mir Wasser getragen.«

Sie hielt einen Augenblick an und spann dann weiter: »Jochen, nun mein' ich, du verstehst doch, wie ich es meine? Ich kann ja so tun, als wenn mir auch was an ihm gelegen ist, bis er mich mal anfaßt oder so was. Und dann können wir uns das besprechen, daß du und die Grimpesche beide nicht da seid, das heißt, du mußt doch da sein, bloß so, daß er dich nicht spitzkriegt, und zusehen, was er anfängt; na, und wenn er dann an mich heranwill, dann kannst du ja von ungefähr dazukommen, und denn haben wir ihn da, wo er hin soll.

Ich glaube, Jochen, auf eine andere Art geht es nicht; er geht darauf aus, uns hier rauszuschmeißen, sonst würde er nicht wie ein Knecht arbeiten; im Weedergrund hat er ja wohl einen ganzen Morgen abgeplaggt, weil er da Fuhren anpflanzen will, und für umsonst hat er nicht ein neues Stück im Meinsbruche eingehachelt. Also, Jochen, was sagst du dazu?«

Jochen richtete sich im Bette auf, sah seine Frau an, nickte dreimal mit dem Kopfe und sagte: »Kaline, ich sage dir, sage ich, das ist ein Plan, ist er, das hast du großartig ausklamüsert, hast du, und ich glaube wahrhaftig, glaube ich auf die Art kommen wir doch noch dahin, wo wir hinwollen, kommen wir.«

Dann drehte er sich um, und seine Frau dachte: »Wenn es glückt, haben wir beide etwas davon.«

Es glückte aber nicht, so langsam und bedächtig Frau Lembke auch vorging, indem sie, wenn sie mit dem Bauern allein war, mit ihren runden Schultern oder ihren breiten Hüften an ihn herankam, wenn es sich unauffällig machen ließ; Volkmann stellte sich an wie ein Kind und wollte mit Gewalt nichts merken.

Wenn Jochen abends fragte: »Kaline, wo weit bist du mit ihm, bist du?« Dann sagte sie: »Jochen, jedes Werk muß seine Zeit haben; laß mich man machen!« Aber ihr war es selbst verwunderlich, daß der Bauer sich wie ein Stock anstellte.

Sie stopfte ihm seine Strümpfe mit Wolle, die sie aus ihren eigenen Strümpfen gerewwelt hatte, sie nötigte ihm eine Frühbirne in den Mund, die sie seit drei Tagen in der Kleidertasche getragen, drei Nächte unter ihrem Kopfkissen gehabt und drei Tage in ihre Schürze gewickelt hatte, aber auch das wollte nicht einschlagen.

Als sie aber anfing, wenn er mit ihr sprach und lustig wurde, vertraulich zu ihm zu werden, ihn auf den Arm oder auf das Bein zu schlagen, da hatte sie ganz ausgespielt, denn von da ab ging er um sie genauso herum wie um die andere, und wenn er zu ihr sprechen mußte, sah er nach der Wand oder aus dem Fenster.

Als Jochen sie eines Abends wieder fragte: »Kaline, wo weit bist du nun mit ihm, bist du?«, da schnauzte sie ihn an, daß er auf den Gedanken kam, mit ihr und dem Bauern stehe die Sache nicht so, wie es ihm passen könne, denn es war ihm schon lange verdächtig, daß Volkmann jetzt ganz anders zu ihr war, was er für Verstellung hielt.

Alle Augenblicke, wenn er im Stalle oder auf dem Felde zu tun hatte, kam er in das Haus geschossen, weil er bald dieses, bald jenes vergessen hatte, und als er eines Mittags sah, daß seine Frau bei dem Bauern stand, machte er ihr hinterher eine große Schande.

Ganz unglücklich wurde ihm aber zu Sinne, als der Bauer ihn eines Tages in den Garten rief und sagte, indem er auf einen Stachelbeerbusch hinwies: »Hast du schon so etwas gesehen, Lembke? Da hat eine Grasmücke ihr Nest gebaut, und nun sitzt ein junger Kuckuck darin und hat die kleinen Grasmücken herausgeschmissen, so daß sie elend haben umkommen müssen. Ja, man soll sehen, wen man bei sich aufnimmt.«

Lembke hatte ihn mit einem halben Auge angesehen und war dann an seine Arbeit gegangen, abends im Bette aber sagte er zu seiner Frau: »Ich sage dir, Kaline, sage ich, er hat was gemerkt, hat er.«

Die Bachstelze

Es war Aurelie Grimpe nicht verborgen geblieben, daß Karoline Lembke um den Bauern herumschlich wie der Fuchs um den Hühnerstall.

Sie war sehr falsch darüber, und während es bisher immer »liebe Frau Lembke« hier und »liebe Frau Lembke« da geheißen hatte, hielt sie die Nase jetzt so hoch wie der Hund in den Nesseln und ging mit einem Gesicht wie sauer Bier an ihr vorbei.

Da nun bei Frau Lembke in der letzten Zeit die Wolken tief hingen, so sah es im Hause nach Regen aus, und eines Vormittags, als die beiden Frauen allein zu Hause waren, ging das Wetter nieder.

Als das Gewitter auf der Höhe war, wurde die Obertüre aufgestoßen, und der Bauer sah hinein. Er sagte gar nichts, aber nach dem Mittag sagte er Lembke, er solle den Kastenwagen anspannen. Dann legte er Frau Grimpe ihren Lohn für den nächsten Monat auf den Tisch und sagte ihr, sie könne gehen, und zwar sofort.

Er ging in das Bruch, und als er am Abend wiederkam, war sie fort. Frau Lembke wollte ihm erzählen, wie sie sich angestellt habe, aber er winkte ab.

Nachdem er gemerkt hatte, wie wenig es Lembke passe, daß er ihm bei der Feldarbeit und beim Heumachen half, hatte er entweder für sich Heide oder Moor zu Land gemacht, oder er hatte Peter Suput bei der Arbeit geholfen, der bei Garberdings Häusling war.

Frau Suput segnete den Tag, an dem Volkmann gekommen war, denn nun konnte sie sich besser der Kinder annehmen und brauchte sich nicht so sehr abzuhetzen.

So standen sich beide Teile gut, denn Suput kannte die Arbeit aus dem Grunde und hatte einen anschlägigen Kopf, so daß bei wichtigen Sachen der Vorsteher meist fragte: »Peter, was meinst du dazu?«

Da nun der Hilgenbauer sich für keine Arbeit zu gut hielt und Suput bei allem half, so kam er in alles, was zu Hof- und Feldarbeit gehört, gut hinein, und mehr als einmal sagte ihm der Vorsteher:

»Übers Jahr, wenn Lembke aufhört, kannst du das Leit selber in die Hand nehmen.«

Während der Erntezeit aß Volkmann meist bei Garberdings, und da ihm Lembkes von Tag zu Tag weniger gefielen, so saß er später- hin, als die schlimmste Arbeit vorbei war, abends meist bei Suput, mit dem er sich gut unterhalten konnte, denn der Häusling ging immer nach seinem eigenen Kopfe und trat sich überall Richtewege.

Manches Mal glückte ihm das, und Volkmann wunderte sich oft, wie selbständig der Mann über politische Dinge urteilte; hier und da lief Suput aber auch ins Moor und mußte einen großen Umweg machen, bis er wieder auf einen festen Weg kam.

Er kannte seine Bibel so gut wie der Pastor oder, wie er meinte, noch besser, und da darin nur von einem Sabbat, aber von keinem Sonntag die Rede war, so verlangte er von dem Pastor, er solle den Sonnabend zum Ruhetag machen. Das konnte und wollte der nicht, und da erklärte ihm der Häusling: »Dann werde ich mich an das Wort halten, Herr Pastor«, zog am Sonnabend sein Kirchenzeug an und setzte sich mit der Bibel hinter das Haus, und am Sonntag ging er hin und haute Heide.

Auch sonst hatte er seine Eigenheiten; wenn er zu Pferde war o- der fuhr, grüßte er keinen Menschen, mochte es sein, wer es wolle, zuerst; an seinem ganzen Zeug waren kein Knopfloch und kein Knopf, sondern nur Haken und Ösen, und er konnte es nicht leiden, wenn man Blumen abschnitt und auf den Tisch stellte.

Er hatte zwei Feldzüge mitgemacht, war dreizehnmal im Feuer gewesen und besaß das Eiserne Kreuz, trug es aber niemals, weil er nicht hoffärtig erscheinen wollte. Er hatte einen Bruder, der in Ame- rika eine gute Farm besaß, und der hatte so lange gequält, bis er auch nach drüben ging; nach einem Jahr aber war er wieder da. »Es konnte mir da nicht gefallen«, sagte er; das war aber auch alles.

Mit diesem Manne unterhielt sich Volkmann liebend gern, an- fangs über Bodenbestellung und Viehzucht, dann über Politik und Religion, und durch vernünftiges Vorstellen brachte er es dahin, daß Suput zum Pastor ging und sagte: »Herr Pastor, ich will es jetzt wieder nach der gebräuchlichen Art machen; ich glaube, ich hatte mich verbiestert.«

Das war dem Geistlichen sehr lieb, denn der Häusling war einer der tüchtigsten Männer in der Gemeinde, und der Vorsteher war es erst recht zufrieden, denn in der hillen Zeit war es ihm oft sehr störend gewesen, wenn sein Lehnsmann am Sonnabend ausgeblieben war.

Suput hatte bei dem Zusammenarbeiten mit Volkmann herausgefunden, daß dieser jedes Getier und alle Kräuter mit Namen zu nennen wußte, und da er von klein auf draußen gearbeitet und auf alles ein achtsames Auge gehabt hatte, so kam er Volkmann fortwährend mit Fragen, die dazu beitrugen, daß die Unterhaltung zwischen ihnen nicht abriß.

So sagte er ihm eines Tages: »Als Engelke sich vor dem Moore hier anbaute als junger Kerl, da war hier bloß Heide. Da gab es Dullerchen und nach dem Moore zu Moormännchen und in der großen Sandkuhle Lochschwalben. Nachher, als das Haus eben fertig war, bauten gleich Schwalben, und mit der Zeit kamen auch Spatzen, und als hier Land unter Pflug kam oder zu Wiesen gemacht wurde, da war mit eins auch die Singlerche da, alles Vögel, die man auf Ödland doch nicht antrifft. Nun bedünkt mich, daß alle diese Vögel, und noch andere, als wie der Storch und der Kiebitz und der gelbe Wippsteert, daß sie alle früher hier nicht waren und erst zugereist sind, nachdem die alten Deutschen, wie es in den Büchern zu lesen ist, hier an die Herrschaft kamen und Viehzucht und Feldwirtschaft hier einführten, denn anders kann ich mir das nicht erklären. Aber das ist bloß so meine dumme Meinung, weil ich davon doch keinen rechten Verstand habe.«

Volkmann mußte lächeln, als der Mann so redete. Ihm, dem Fachzoologen, war diese Tatsache, daß die deutsche Tierwelt aus zwei ziemlich scharf getrennten Schichten, der des Urlandes und der des Baulandes und der Siedlung, bestehe, wohl aufgefallen, aber nachgedacht hatte er darüber noch nicht weiter.

Nun saß dieser Häusling da, Peter Suput, rauchte seinen Rippenkanaster und stellte eine Theorie auf, die, wenn sie irgendein Gelehrter gefunden hätte, wohl Veranlassung gewesen wäre, daß dieser wer weiß wie hoch gesprungen wäre, die Theorie von der Quintärfauna; und das hätte ein dickes Buch mit vielen Karten und Tafeln und einen großen Aufstand in der Zoogeographie gegeben.

Aber Peter Suput hatte noch etwas anderes: »Diesen Sommer hat bei der Mühle ein Vogel gebaut, aus dem ich nicht klug werden kann. Er sieht aus wie ein Wippsteert, ist aber unten gelb. Es ist aber nicht der, der auf den Wiesen im Grase brütet und dem Vieh das Ungeziefer absucht, sondern er benimmt sich ganz so wie der weiße Wippsteert, und was der Hahn ist, der ist schwarz am Halse, und das Nest stand unter dem hohlen Ufer.«

Der Hilgenbauer war neugierig, ging mit dem Häusling nach der Mühle und stellte fest, daß der Vogel die Bergbachstelze war, die er sonst nur im Berglande gefunden hatte. Aber als er daraufhin die Augen aufmachte, fand er, daß der Vogel weit und breit bei Mühlen und Stauwehren brütete, und er schüttelte bei sich den Kopf über Peter Suput und seine Beobachtungen.

Durch den Häusling erfuhr er auch, daß der Schulmeister Owerhaide für solche Dinge ein Auge habe und allerlei Sachen sammele, die er den Kindern zeigte, Steine, Baumfrüchte, Schlangen in Spiritus und dergleichen.

Der Lehrer bekam einen roten Kopf, als Volkmann ihn bei Gelegenheit bat, ihm die Sammlung zu zeigen, weil er, wie er sagte, davon auf dem Seminare so gut wie nichts gelernt hätte, und so war es auch, denn er hatte Korn und Kaff durcheinandergesammelt und die Hälfte falsch bestimmt.

Um so froher war er, als Volkmann Flachs und Hede auseinanderbrachte, jedem Dinge seinen wahren Namen gab und die richtige Reihenfolge herstellte.

Drei Dinge aber nahm er heraus: eine alte Münze, deren Ränder wie Messing glänzten, eine grüne Schwertklinge und ein schwarzes Steinbeil, die alle beim Torfmachen gefunden und dem vorigen Lehrer gebracht waren, und sagte:

»Diese drei sind zu schade für eine Dorfsammlung; sie gehören in ein großes Museum. Schicken Sie sie versichert in das Bremer Museum, und bieten Sie sie zum Ankauf an. Sie bekommen dann sicher so viel, daß Sie einen Sammlungsschrank für die Schule und einige gute Bücher anschaffen können.«

Da der Lehrer und der Schulvorstand damit einverstanden waren, wurde die Sache so gemacht, und es kam auch einige Zeit darauf Antwort, daß die Sachen angekommen wären, das Nähere sollte mündlich abgemacht werden.

Vierzehn Tage später kam ein Herr mit greisem Bart und jungen Augen angefahren, sah sich die Sammlungen an und machte dem Schulvorstande folgenden Vorschlag:

Die Schule bekommt zwei Sammlungsschränke, Präparatengläser, gestopfte Tiere, eine kleine Heimatbücherei, Nachbildungen der drei Gegenstände und tausend Mark bar.

Der Schulvorstand fiel beinahe um, als er das vernahm, und der Schulmeister stieg mächtig in Achtung, und Volkmann, von dem man wußte, daß er zum Angebot geraten hatte, erst recht.

Als er abends mit dem Bremer Museumsleiter bei dem Lehrer saß, erzählte er von den Beobachtungen Peter Suputs, und der Professor sagte: »Sie sind ja Zoologe; schreiben Sie uns doch darüber. Viel zahlen wir gerade nicht, aber immerhin etwas.«

Es gab einen großen Aufstand, als die Schränke ankamen, denn sie waren so groß, daß sie in der Schule keinen Platz hatten; und da die Schulbehörde nichts dawider hatte, so wurde auf Vorschlag des Schulmeisters, dem Volkmann das eingeblasen hatte, ein eigener Anbau dafür gemacht, der ganz in der alten Art gehalten wurde und in der Mitte durchgeteilt war, so daß in dem einen Zimmer die Schränke mit den Tieren und Steinen und Heidetöpfen und Büchern untergebracht wurden; das andere wurde ganz wie eine alte Dönze gehalten, und es dauerte keine acht Tage, da wußte der Lehrer nicht, wo er mit dem Urväterhausrat, der ihm zugebracht wurde, bleiben sollte, denn jedes Gemeindemitglied wollte mit einem Stück darin vertreten sein.

Das Dorf war sehr stolz auf sein Museum, zumal von weit und breit Männer kamen, die es sich ansahen und fotografierten und die Bilder in »Niedersachsen« herausbrachten, und Lehrer Owerhaide wurde ein vielgenannter Mann, denn der Hilgenbauer hatte ihm das Wort abgenommen, daß von ihm selber nicht die Rede sein sollte.

Er kümmerte sich auch weiter nicht darum, da er dabei war, die Jagd mit einem Netz von Pürschsteigen und mit Hochständen zu versehen; er machte das ganz heimlich, um den Rechtsanwalt und den Baumeister damit zu überraschen, wenn die Jagd auf den Rehbock aufging.

Die Winterkrähe

Damit hatte es aber noch lange Zeit, denn mittlerweile war es Dezember geworden. Es war ein harter Winter, und der Bauer mußte mit dem Steigemachen in der Wohld und durch die Dickungen aufhören, denn die Tage waren zu kurz und die Wege zu weit.

Auf dem Felde und im Hofe gab es nichts zu tun, Lembkes ging er aus dem Wege, Suput war den ganzen Tag beim Vorsteher, weil der Knecht beim Holzabfahren Unglück gehabt hatte und mit einem Gipsverband liegen mußte, der Schulmeister hatte sich eine Frau genommen und saß vor dem Honigtopfe, Freimut kam ganz selten, da er mehr zu tun hatte, als ihm lieb war, und der Baumeister reiste in Ägypten umher.

So war Volkmann meist allein, und wenn er auch ab und zu losging, um für den Anwalt einen Küchenhasen zu schießen oder einen Marder auszutreten und an der Beeke die Enten zu beschleichen, er hatte doch mehr freie Zeit, als ihm gut war. Er packte die Bücherkisten des alten Volkmann aus und stellte die Bücher wieder auf, aber zum Lesen hatte er wenig Lust.

Wie die grauen Winterkrähen mit den schwarzen Flügeln, die aus dem Osten kamen, sich längs der Landstraßen in der Heide umhertrieben und über den Dächern des Dorfes quarrten, so flogen aus den entlegenen Gegenden seiner Erinnerung, in die die gute Jahreszeit kaum anders als im Traume gekommen war, die grauen Gedanken herbei und schlugen mit ihren schwarzen Flügeln um ihn her.

Stundenlang konnte er dann, wie er es von drüben gewohnt war, mit dem Kopfe auf der Hand auf dem Bette liegen, rauchen und in den Beilegeofen sehen, der seine Dönze erwärmte. Als er im Blockhaus lag, waren Lebleu, der alte Indianer, und Quivive, der Schweißhund, bei ihm gewesen.

Gesprochen hatte Lebleu wenig, wenn er, den Kopf mit den spärlichen Kinnhaaren auf den Knien, dasaß, rauchte und in das offene Feuer sah, während draußen die Uhus schrien und die Wölfe vor Hunger heulten, bis Quivive zur Türe hinausfuhr und sie fortbrachte; aber er hatte doch ein Herz neben sich gehabt, das an ihm hing.

Denn der Alte liebte ihn, liebte ihn mehr als sein Weib und seine vierzehn Söhne, die als Holzhauer, Flößer und Fallensteller sich und die Ihren durchbrachten, denn er, den die Händler und Wirte siebenzig Jahre um den Ertrag seiner Jagdbeute betrogen hatten, hatte in Volkmann zum ersten Male einen weißen Mann gesehen, der Halbpart mit ihm machte.

Er war hungrig und müde in das Blockhaus gekommen, hatte sich, ohne ein Wort zu sagen, neben das Feuer gekauert, hatte seine kalten Hände gewärmt und kein Auge auf das Wildbret geworfen, das in dem Kessel schmorte. Als aber der Trapper die Hirschkeule in zwei Teile schnitt und die eine Holzschüssel Lebleu hinschob, ihm Schiffszwieback hinlegte und Tee eingoß, da hatte der alte Mann gegessen, bis nichts mehr da war.

Dann setzte ihm Volkmann den hohlen Baumknorren hin, in dem er seinen Tabak aufhegte, und der Indianer nahm und rauchte und blies den Rauch durch die Nase. Endlich sah er seinen Gastgeber an, zeigte auf das scharfe Beil, das er beim Eintreten aus dem Strick genommen hatte, mit dem er die alte Soldatenhose auf seinen dürren Lenden festhielt, und sagte:

»Ich armes Indianer, du reiches Allemand. Ich wissen Bär, du nicht. Ich Baum abhauen, du Bär schießen. Jetzt Lebleu schlafen.« Damit hatte er sich in ein paar alte Decken gewickelt.

Am anderen Morgen hatte er gegessen, als hätte er drei Tage nichts gehabt; dann waren sie mit dem Schlitten nach einem Bruche gegangen, bis der Indianer vor einem hohlen Ahorn stehenblieb, den Stamm ansah und sprach: »Ich Beil, du Gewehr, da Bär!«

Dann hatte er Schlag um Schlag getan, daß jedesmal ein breiter Span in den Schnee sprang, bis der Baum fiel, der Baribal seinen Kopf aus dem Loche steckte und Lüder ihm die Kugel antrug.

Von den vielen Dollarscheinen, die der Wirt des Holzfällerlagers für die Haut und einen Teil des Wildbrets zahlte, gab der Trapper die Hälfte dem Indianer. Der sah ihn erst fassungslos an, steckte dann das Geld in seinen Tabaksbeutel und sagte: »Du gutes Freund; armes Indianer jetzt reiches Mann.«

Dann verschwand er, und als er nach acht Tagen wiederkam, hatte er ein Mädchen bei sich, das ein Gesicht hatte, so freundlich wie der Indianersommer, und dessen schwarze, mit Glasperlen durchflochtene Zöpfe ihm bis in die Kniekehlen hingen, und er hatte gesagt: »Altes Indianer schlechtes Gesellschaft für junges Mann; junges Weib besser. Altes Indianer jetzt Biber suchen und Skunks.« Und er war in dem Schneegeriesel untergetaucht.

Margerit aber hatte das Feuer geschürt, Schnee zum Tee geschmolzen, Wildbret in Scheiben geschnitten und abwechselnd mit Speckfladen auf einen Stab gezogen, die Holzteller abgewaschen, die Messer geputzt, Brot hingelegt, und dann hatte sie sich vor das Feuer gekauert und den Bratspieß so lange über der Glut gewendet, bis Fleischschnitte um Fleischschnitte sich krümmte, und jede, die gar war, streifte sie herunter und legte sie dem Trapper vor. Als er ihr sagte, sie solle auch essen, sah sie ihn groß an und bediente ihn weiter.

Erst, als er gesättigt war und sie ihm die Pfeife gestopft und einen glühenden Zweig gereicht hatte, kauerte sie sich mit dem Gesichte gegen die dunkle Ecke des Blockhauses, aß lautlos den Rest von Braten und Brot und trank ohne einen Laut eine Tasse Tee durch das Stückchen Kandis, das sie zwischen den Lippen hielt.

Anderthalb Jahre war sie die Gefährtin des einsamen Mannes mit der verregneten Vergangenheit und der ausgewinterten Zukunft gewesen, wie sein Schatten war sie.

Wenn die schwarzen Gedanken um seine Stirne flogen und er auf den Hirschdecken lag und rauchend vor sich hin brütete, dann kauerte sie bei ihrer Näharbeit und sah durch ihre langen Augenwimpern mitleidig auf ihn; flog aber das schwarze Geflügel von dannen, pfiff er ein Lied und nahm das Schnitzmesser her, und sah er sie dann an, dann färbten sich ihre Backen rot, und ihre Augen waren voll demutsvoller Zärtlichkeit.

Wenn er sie auf seine Knie zog, dann bebte sie, und wenn er morgens erwachte und sich den Nachtschlaf fortgähnte, dann stand sie schon neben dem Block, auf dem die Waschbütte mit dem stubenwarmen Wasser stand, hatte den aufgetrennten Brotsack in der Hand, der ihm als Handtuch diente, und auf dem Feuer kochte die Wildsuppe. Wenn er ihr dann lächelnd zunickte und sie heranwinkte, dann glühte ihr Gesicht, und der Kuß, der seine Stirn streifte, war wie der Hauch des Südwindes, der im Mai über das blumige Ufer kam.

»Margerit, meine kleine Margerit!« dachte er und sah auf die Ofenplatte, in der das springende Pferd schwarz auf glührotem Grunde stand. »Ich war dein Glück, und du bist mein Trost gewesen.«

Eines Tages im Mai, als der Waldboden bunt wurde, war ein Handelsjude mit seinem Planwagen angefahren gekommen und hatte allerlei Tand feilgeboten; Lüder hatte Stoff zu zwei Kleidern für das arme Mädchen gekauft, blitzende Ohrringe und eine funkelnde Brosche, bunte Glasperlenschnüre für ihr Haar und allerlei Schürzen und Tücher, eines immer greller als das andere.

Margerit hatte durcheinander gelacht und geweint und ihm die Hände küssen wollen, wie man es sie als Kind in der Schule gelehrt hatte. Er aber hatte sich aus dem Kasten des Händlers noch zwei silberne Ringe herausgesucht, an denen keine Steine waren, einen weiten und einen engen, und war mit ihr und Quivive nach dem Lager gegangen, wo, wie der Jude erzählt hatte, ein Wanderprediger das bißchen Halbchristentum der indianischen Holzfäller auffrischte.

Margerit hatte erst gar nicht begriffen, was es heißen sollte, daß sie in dem kleinen Zelte vor dem Mann mit dem schwarzen Rocke und den hohen Stiefeln neben Lüder hinknien sollte, aber als der fremde Mann sie fragte, ob sie des Trappers Lüder Volkmann christliches Eheweib werden wollte, da hatte sie ein Gesicht gemacht, als spräche die Stimme des Großen Geistes zu ihr, und hatte am ganzen Leibe gezittert, als sie den Ring an den Finger bekam.

Als ihre Brüder und die anderen Holzfäller, die Lüder zu einem Festmahle geladen hatte, sie mit einem »Vive 'sjö, vive m'dame« begrüßten, ein altes indianisches Hochzeitslied herausgurgelten und weiße Waldblumen vor ihre Füße warfen, hatte sie die Augen nicht aufgeschlagen und geweint, daß ihr die Tränen über das Gesicht liefen, bis Lüder sie oben an den Tisch führte, wo für sie und den Prediger ein weißes Tischtuch aufgelegt war; da endlich hatte sie aufgesehen und ihre rechte Hand neben seine gelegt, mit der linken Hand über beide Ringe gestrichen und ihren Kopf auf einen Augenblick an seine Schulter gelegt.

Da hatte plötzlich auch Lebleu dagestanden, zitternd vor Erregung, Lüder die Hand gegeben, sich unten an den Tisch gesetzt und, so gern er sich auch sonst voll und voll trank, keinen Schnaps angerührt, ehe Lüder und Margerit aufbrachen; dann aber hatte er sich so voll gesogen, daß er drei Tage schlief.

Ein und ein halbes Jahr war Margerit Lüders Frau gewesen; in der ganzen Zeit hatte sie ihm nicht ein einziges Mal eine Minute Verdruß bereitet, keinmal hatte er sich ihrer zu schämen brauchen, trotzdem sie die Tochter eines trunksüchtigen Fallenstellers war und ihre Brüder arme Holzarbeiter waren, denn das Stammeshäuptlingsblut, das sie von ihrer Mutter her hatte, war stark in ihr geblieben, und seitdem sie des deutschen Mannes Ehefrau geworden war, zeigte sie vor der Welt eine Würde, als hätte sie nie Waldbeeren in den Lagern feilgeboten.

Eines Tages war ein ganzer Trupp englischer Lachsangler vor dem Blockhaus erschienen, die Herren in karierten Anzügen und ihre Damen mit seidenen Schleiern an den Panamas, um sich den deutschen Trapper anzusehen, der mit einem indianischen Weibe verheiratet war. Margerit hatte sie mit Tee, Gebäck und Honig bewirtet und mit so liebenswürdigem Hochmute darüber hinweggesehen, daß die Engländerinnen mit Lüder, der frisch rasiert war und eine reine Bluse anhatte, recht unverschämt liebäugelten, sehr zum Ärger der Männer, daß Volkmann sich das Lachen kaum verbeißen konnte.

Die Engländer hatten ihn und sie eingeladen, sie in ihrem Zeltlager am Flußeinlaufe der Seebucht zu besuchen, doch hatte er abgelehnt, worüber Margerit sehr froh war.

Eine Lungenentzündung hatte sie ihm genommen, sie und das Kind, das sie erwartete.

Er hatte so manches Mal, wenn er die Sohlen durch den Staub der Landstraße schleppte, gedacht, daß das das beste für sie beide war, nun aber war er anderer Meinung.

Sie, die Frau, die in ihm alles sah, was es auf der Welt für sie gab, die nichts wollte, als daß es ihm schmeckte und er sie dafür anlächelte, die im Blockhause seine demütige Magd war, die erst aß, wenn er satt war, sie war das Weib für ihn, den verlorenen Mann.

Das Mädchen mit dem goldenen Haare und der Stimme wie Rotkehlchensang im frühtaufrischen Walde, deren rotes Blut unter seinem Messer auf ihren weißen Fuß geperlt war, was war sie ihm anders denn ein heller Traum in dunkler Nacht, der vor dem scharfen Tageslicht dahinschwand wie der Tau auf der Flur.

Schwarze Fittiche schlugen gegen seine Stirne, und laut quarrten die Winterkrähen.

Die Meise

Es war wie ein Gewitterregen nach dürren Wochen für den Bauern, als Ende Januar eines Vormittags Freimut auf dem Hilgenhofe auftauchte, zwei große Koffer abladen ließ und lostrompetete:

»Sintemalen und alldieweil Aurelie Grimpe, geborene Szimbowska, geschiedene Juckenack und entlaufene Grimpe durch Abwesenheit glänzt, ist ja für mich wohl auf vierzehn Tage Platz. Jetzt ist die Zeit, wo die Betze rennt, jetzt wird auf den Fuchs gepirscht und die wilde Aante beschlichen. Mann, ich bringe den Vorfrühling mit. Hört, kaum bin ich da, so singt die Speckmeise schon im sauren Appelbaum!

Und Mehls ist auf der Strecke. Ha la lit! Da ligget dat Schinneas in'n Graben! Zwei und ein halbes Jährchen wegen Qualifiziertheiten in idealer Konkurrenz mit höherer Gemeinerei.

Was gibt es zu Mittag? Weiße Bohnen mit 'nem Schinkenknochen mit was dran? Gestern habe ich mich durch acht Gänge durchgehungert, und mein Trost waren meine Nachbarinnen, die aufgebrochen jede ihre zwei Zentner wogen.«

Er legte Volkmann die Hände auf die Schultern, sah ihn an, schüttelte den Kopf und sprach: »Stark abgenommen seit dem Spätherbst! Zu eintönige Äsung! Zu regelmäßig gelebt! Ist keine Sache für unsereins, nur für das Stallvieh, die Philister; wir kriegen die Mauke, geht es uns andauernd gut.

Schönewolf läßt grüßen; elende Jagd im Pharaonenlande: Schakale nennen sie's, räudige Dorffixe sind es; Nilkrokodile gibt es bloß im Berliner Zoologischen Garten lebendig, da unten nur als Mumien, Hyänen nur im Kellnerfrack; alles Schwindel bis auf das, was Cheops und seine blassen Nachkommen mimten.

Aber, Mann, Ihr gefallt mir mies; seht ebenso bleich wie süchtig aus. Ja, man soll heiraten; ich tät's auch gern, bin bloß noch zu rüstig. Und dann, wer weiß, ob nicht das dicke Ende nachgehinkt kommt. Meine liebe Frau Mutter sagt immer: ›Jochimchen, sieh doch bloß zu, daß du von der Straße kommst!‹ Ist nicht so einfach, wie es aussieht; ist man erst aus dem Schneider, dann sieht man nicht bloß auf die Hübschigkeit. Und dann hab' ich so viel zu tun! Weiß der Deuwel, warum die Menschen sich nicht vertragen können, daß ich gar keine Zeit habe, mich zu verschießen. Hurra, da kommt die Suppe; Mutter, meinen großen Löffel!«

So redete er, indem er Aurelies Dönze mit dem Inhalte seiner Koffer verschönte. »Dieses hier wollen wir alles austrinken«, sagte er und zeigte auf eine stattliche Reihe blankhäuptiger Flaschen, »und hiervon nehme ich nichts wieder mit«, und er wies auf die Zigarrenkisten und Konservenbüchsen.

»Und mein Jagdzeug bleibt alles hier; was noch bei Vatter Nordhoff ist, das bringen wir heute abend mit. Mann, so tut doch endlich einmal das Geäse auf! Sagt nichts und grient wie ein Honigkuchenpferd! Jawollja, Frau Lembke, wir sind da!«

Er setzte sich an den Tisch, schlug eine Klinge wie ein Drescher und stöhnte, als er aufhörte, indem er seinen Barbarossabart strich: »Ein Segen, daß ich hier nicht immer esse, Frau Lembke, ich paßte sonst in keinen Sarg mehr«, und er schlug sie zwischen die Blätter, daß alles an ihr wabberte und Jochen Lembke ein Gesicht machte wie ein Hund vor der Terpentinflasche.

Aber als Volkmann sagte: »Wir wollen nach dem Kronsbruche, denn da stecken seit drei Wochen Sauen«, da juchzte der Anwalt los, daß Hund und Katz machten, daß sie aus dem Hause kamen, und im Handumdrehen hatte er das weiße Zeug übergezogen und storchte los.

Am dritten Tag schoß er einen überlaufenden Frischling und vier Tage hinterher eine grobe Sau, zwischendurch ein Dutzend Enten, eine Wildgans und drei Füchse, und da er die schlimmsten Prozesse hinter sich hatte und mit einem jungen Anwalt zusammenarbeitete, so blieb er drei Wochen, ließ den Bauern keine Stunde aus den Fingern, und als er abfuhr, rief er:

»So, nun seht Ihr doch wieder wie ein deutscher Mann und nicht wie eine anämische höhere Tochter aus, und wenn ich zur Balz und zur Murke wiederkomme, wünsche ich keinen Rückfall zu erleben, ansonsten ich Euch alle Verzierungen abdrehe.«

Seine Kur hatte angeschlagen, oder die längeren Tage hatten schuld, daß Lüder das Krächzen der Winterkrähen nicht mehr hörte; jeden Tag schlug die Speckmeise im Garten, die Stare schickten ihre Vorboten, an der Südwand des Hauses hatte der Haselbusch geflaggt und an der Beeke die Eller; es wehte eine andere Luft über dem Bauern, und wenn über seine helle Laune auch einmal dunkles Gewölk zog und Schlackerschnee auf seine Saaten fiel, im ganzen war er gut zuwege und lag nicht mehr halbe Tage da, rauchte und sah auf die Ofenplatte.

Er arbeitete sich in die höhere Tierwelt wieder hinein und schrieb aus dem Gedächtnisse alles Getier auf, das er über Sommer bei Wege angetroffen hatte; als der März kam, der Wald lebendig und die Büsche laut wurden, da hatte er genug anzumerken, so daß er, als die Feldbestellung wieder anfing und er bei Garberding mithalf, was es nur gab, einen zolldicken Stoß Papier mit Beobachtungen gefüllt hatte.

Kam er müde nach Hause, so trug er auf lose Zettel ein, was er hier und da gesehen und aus alten Leuten herausgefragt hatte über Vögel, die seitdem verschwunden oder selten geworden waren.

So war er nie müßig, und eines Tages waren die Winterkrähen nicht nur von der Straße, sondern auch aus seiner Erinnerung verschwunden. Es machte ihm Freude, daß die Pflugschar ihm immer mehr zu Willen wurde, er streute den Kunstdünger fast so ebenmäßig wie Suput, der ihm oftmals sagte: »Noch ein Jahr, dann kann ich dir nichts mehr lernen.«

Um diese Zeit reiste ein Berliner in der Gegend umher, der großartig auftrat und so viel Bier und Wein ausgab, als jeder trinken wollte; er hieß Ludwig Neumann und war Bohrunternehmer.

Von Hause aus war er Ingenieur, hatte Glück im Kauf und Verkauf von Kuxen gehabt und eine Gesellschaft zusammengebracht, die Öl und Kali in der Heide suchte.

Aus allerlei Anzeichen hatte er geschlossen, daß bei Reethagen Aussichten vorhanden wären, daß man fündig würde; so steckte er sich hinter einzelne Leute, und die bearbeiteten andere und die wieder noch welche, so daß er fast von zwei Dritteln der Gemeindemitglieder Vorverträge in den Händen hatte.

Er kam auch auf den Hilgenhof, trat sehr bescheiden auf, versprach goldene Berge, richtete aber vorläufig bei dem Bauern nichts aus, weil der den Vorvertrag nicht unterschrieb. Volkmann ging vielmehr sofort zu dem Vorsteher, bei dem der Berliner noch nicht gewesen war, weil ihm gesagt wurde, das wäre ein ganz altmodischer Mann und nicht anders für das Unternehmen zu haben, als wenn ihm das Feuer von drei Seiten käme.

»Hm«, brummte Garberding, »soll die Schweinerei hier auch losgehen? Wenn hier erst Bohrtürme stehen, dann haben wir das Leit aus der Hand gegeben. Zu leben haben wir alle, und die nichts haben, die stehen sich dann noch schlechter, dieweil das Werk doch bloß lauter Krabatten und anderes Tatternvolk heranzieht.«

Als der Unternehmer abgereist war, berief der Vorsteher eine allgemeine Gemeindeversammlung, zu der jeder seinen Vorvertrag mitbrachte, und da stellte es sich heraus, daß die Verträge sehr verschieden waren, je nachdem das Land lag und auch insofern, als Neumann mit einem hellen Manne oder mit einem zu tun hatte, der sich in die Sache nicht hineinfinden konnte.

Das ärgerte diejenigen, die dabei nicht so gut gefahren waren, ganz gewaltig; als der Berliner nun wieder ankam, merkte er bald, daß jetzt der Wind von Mitternacht wehte.

Nun hatte er den Krüger Fürbotter in Schedensen, dem ein kleines Anwesen in Reethagen gehörte, ganz auf seiner Seite, zum ersten, weil er dort viel verzehrte und oft über Nacht blieb, dann aber auch, weil der Krüger sich für seine Wirtschaft viel Gewinn aus dem Unternehmen versprach.

Dieser Mann hatte es ihm hinterbracht, daß der Hilgenbauer es war, der es herausbekommen hatte, daß die Verträge so ungleich waren. Deshalb hing sich Neumann nun an Volkmann und suchte ihn zu sich herüberzuholen; als er damit kein Glück hatte, ging er daran, ihm die Wurzeln abzugraben.

Er wohnte nämlich in Hannover, wo er sein Hauptquartier hatte, bei Aurelie Grimpe, die sich mit Abvermieten durchschlug, und die hatte ihm über die Leute in Reethagen manchen nützlichen Wink gegeben und auch über den Hilgenbauer, dessen Vorleben sie mittlerweile in Erfahrung gebracht hatte.

Volkmann merkte nach und nach, daß ihn einzelne, dann immer mehr Leute von der Seite ansahen, glaubte aber, da er seine Anforstungen im Kopfe hatte, das seien nur die Bauern, die wegen des Bohrvertrages anderer Meinung waren als der Vorsteher und er; so gab er darauf nichts.

Mit der Zeit wurde es aber doch auffällig, und schließlich rückte Nordhoff damit heraus, was im Dorfe erzählt würde.

Der Hilgenbauer war von dem Tage an, da er das Erbe antrat, darauf gefaßt gewesen, daß sein Unglück sich wieder zu ihm hinfinden werde, aber es biß ihm doch in das Herz, daß Leute, denen er vielfach gefällig gewesen, ihm aus dem Wege gingen oder die Zähne nicht auseinanderbekamen, wenn sie an ihm vorbeigingen.

Sogar Suput und seine Frau waren anders als vordem, denn als er sich dazu erbot, dem Häusling wieder Arbeit abzunehmen, wußte der immer einen Ausweg zu finden.

Lüder hatte es im Sinne behalten, daß er sich an den Vorsteher wenden sollte, wenn es soweit kam, aber den wollte er darum nicht angehen, weil es Garberding nicht gutging, indem er eine schwere Erkältung nicht loswerden konnte.

So tat er, als sei ihm alles gleich, ging an jedem, der nicht so war wie früher, ohne Gruß vorbei, plaggte Heide ab, warf im Bruche Gräben aus und sagte sich, daß die Leute schon zur Vernunft kommen würden, zumal mehrere unter ihnen waren, die auch kein reines Hemd anhatten.

Um diese Zeit kam Lembke ihm etliche Male von hintenherum mit einer Verlängerung der Pacht, doch schlug der Bauer darauf nicht zu, und nun hängte erst Lembke und dann andere Besitzer den Jagdpächtern Wildschadenklagen an den Hals, und was früher keinmal vorgekommen war, Jagdstörungen und Vergrämen des Wildes, das begab sich von da ab fortwährend.

Da aber die Jagd groß genug war, so ließen sich die Pächter in der abgelegensten Ecke eine Jagdbude bauen. Eines Tages brannte sie ab und acht Morgen Heide und Fuhren mit ihr, und obzwar es augenscheinlich war, daß böswillige Brandstiftung vorlag, setzte Fürbotter es doch durch, daß die Gemeinde Schedensen, zu der das ausgebrannte Stück Heidland gehörte, gegen Schönewolf und Freimut auf Schadenersatz klagte, wobei allerdings nichts anderes herauskam, als daß die Gemeindekasse ein gutes Stück Geld dabei zusetzte.

Da nun der Baumeister und der Rechtsanwalt, so überlegte Fürbotter, durch ihren Verkehr mit Volkmann diesem immer noch bei vielen Leuten von Nutzen waren, so mußte ihnen die Jagd auf andere Weise verekelt werden.

Im Kruge zu Schedensen, der an der Landstraße lag, kehrte allerlei Volk ein, und da der Berliner gesagt hatte: »Der Kerl muß von dem Hilgenberg herunter, und wenn es tausend Mark kostet«, so stand bald kein Hochsitz mehr, alle guten Wechsel waren verstänkert, alle Dickungen lagen voll von Zeitungspapier, und schließlich verlangte erst Schedensen, dann Breden und schließlich auch Reethagen, da Garberding in Andreasberg war, weil seine Lunge nicht so wollte, wie sie sollte, und die Kalipartei auf diese Art die Hand am Henkel hatte, die Jagdpächter sollten den Wildstand auf ein Zehntel verringern, widrigenfalls sie nicht darauf rechnen könnten, daß sie die Jagden wieder bekämen.

Volkmann tat es in der Seele weh, daß die beiden Männer seinetwegen soviel Mißgunst ausstehen mußten, und er erklärte eines Abends, er wolle wieder in die Welt.

Aber da ging Freimut in die Luft. »Das fehlte noch gerade! Nun erst recht nicht! Und wenn ich die Büchse für immer an den Nagel hängen soll; so bin ich nun doch nicht gebaut, daß ich vor dieser Berliner Quadratschnauze und diesem Pottekel von Fürbotter über den Zaun gehe.

Ihr habt mir ja einmal erzählt, wie Euer Freund Lebleu es mit den Stinktieren machte. Skunk gut, wenn Mann zu Skunk gut. So sagte er, ging hin, verrammelte den Bau mit Schnee, goß warmes Wasser darauf und ließ es überfrieren, und am anderen Tage fiel es keinem Skunk mehr ein, sich übel zu benehmen; tot waren sie alle. Stinktiere muß man sachte behandeln, damit sie erst gar nicht dazu kommen, sich penetrant zu benehmen.

Laßt mich nur machen. Wenn Euch in der nächsten Woche ein kleiner Mann, der einen roten Bart und ein Schmetterlingsnetz hat, über die Kleewiese läuft, so schnauzt ihn vor allen Leuten so grob wie möglich an, denn das ist unser Bürovorsteher, Herr Meisel, der früher Kriminalschutzmannsanwärter war, aber hinausflog, weil er einmal in Gedanken eine seltene Motte fing, unterdessen ihm ein ganz gemeiner Taschendieb unter dem Hute fortflog. Er sollte sowieso Urlaub haben; nun kann er das Nützliche mit dem Angenehmen verbinden.«

Der Plan war nicht schlecht; Meisel kam, lief Volkmann durch die Kleewiese, wurde angeschnauzt, rannte nach Schedensen zu Fürbotter, bei dem er wohnte, schimpfte Mord und Brand über den groben Kerl auf dem Hilgenberg, machte die Bekanntschaft von Neumann und Lembke und von jedem, der auf Volkmann nicht gut zu sprechen war, gab fleißig Runden aus, schwatzte so viel Unsinn, daß ihn Fürbotters Gäste für dümmer als eine Kuh hielten und sich vor ihm kein bißchen in acht nahmen, steckte der Magd ab und zu einen Groschen in die Hand und reiste mit dem Versprechen, bald von sich hören zu lassen, ab.

Acht Tage später fuhr Freimut bei Fürbotter vor, ging in das Vereinszimmer, bestellte sich Rehbraten und Rotwein, aß und trank und bat den Wirt, mitzuhalten, und dann sagte er ihm:»Herr Meisel ist mein Bürovorsteher; bitte, behalten Sie gehorsamst Platz! Und Sie sind ein großer Schweinehund. Laufen Sie bitte nicht fort! Ich habe noch mehr in der Tüte.

Sie haben veranlaßt, daß gewisse Leute, die Namen habe ich alle im Taschenbuche, die Hochsitze abgerissen haben; Sie werden auch wissen, wer das Jagdhaus angesteckt hat. Nein? Na, vielleicht hilft der Staatsanwalt Ihrem Gedächtnis nach.

Sie haben ferner durch Ihre Leute uns bei Ausübung der Jagd gestört; in drei Fällen kann ich den Nachweis führen, macht summa summarum hundertachtzig Mark. Sie haben gesagt, ich sei ein Säufer und Garberding halte es mit seiner Magd, und haben von dem Baumeister erzählt, er habe übergejagt, und außerdem haben Sie seit Jahren gewilderte Rehe gekauft, und das ist Hehlerei, und darauf steht Zuchthaus!

Und wenn Sie nun nicht herumgehen und alles wieder in die Reihe bringen, erstens die Rederei über Volkmann und das mit der Jagd, dann ziehen Sie bitte gleich fünf Groschen mehr ab, damit Sie sich einen Strick kaufen können, denn so wahr ich Joachim Freimut heiße und in Kolberg an der Persante geboren bin, ich werde dafür sorgen, daß Sie auf einige Jahre auf Staatskosten in Celle verpflegt werden.

So, und nun bringen Sie mir ein Glas Bier mit, aber ein großes, denn nach solcher schönen Rede wird man durstig. Der Wein war übrigens gut und der Rehbraten auch; ich glaube, das kommt daher, weil er in meiner Jagd gewachsen ist.«

Genau so wie bei Fürbotter ging Freimut mit Lembke und noch einigen anderen Leuten um; nach einigen Tagen wehte der Wind anders in den drei Dörfern.

Als der Anwalt abfuhr, trank er bei Fürbotter ein Glas Bier, gab ihm die Hand und sagte: »Halten Sie sich munter; auf Wiedersehen!«

Der Markwart

Nachdem die Kalipartei es wieder für angemessen hielt, dem Hilgenbauern Gruß und Handschlag zu bieten, tat dieser, als wäre nichts vorgefallen, hielt sich aber von diesen Leuten zurück, soweit es eben ging.

Zu Herzen hatte er sich nur das Benehmen des Ehepaares Suput genommen, und wenn der Häusling auch versuchte, wieder an ihn heranzukommen, Volkmann ließ ihn höchstens über die Halbtüre reden.

Das war für Suput besonders ärgerlich, weil Lüder für die nächste Zeit Herr über ihn war. Der ging alle paar Tage bei Frau Garberding vor, teils um zu fragen, wie es dem Vorsteher gehe, anderseits, weil er sich gern mit ihr etwas erzählte, denn sie war wie eine Mutter zu ihm.

Als er ihr klagte, daß er manchmal nicht genug zu tun hätte, weil Lembke ihn aus guten Gründen nicht an die Arbeit heranließ, meinte sie mehr aus Scherz denn im Ernst: »Ja, mein Jung', dann kannst du ja hier so lange den Bauern spielen, bis Garberding wieder da ist; mir wird das zu viel, wo ich so schlecht auf den Füßen bin, und es geht allerlei verkehrt, wenn man nicht überall selbst dabei ist.«

Er schlug sofort ein, ließ noch am selben Tage seine und Ramakers Sachen holen, denn Frau Garberding räumte ihm die Gastdönze ein und stellte den Knecht für den Sommer an, weil sehr viel zu tun war. Nun gab es eine fröhliche Zeit für ihn. Er stand als erster auf dem Hofe auf, sah überall nach dem Rechten, verteilte die Arbeit, faßte mit an, wo es nötig war, und lernte in dieser Zeit mehr als bisher.

Suput ging mit scheuen Augen an ihm vorbei und machte sich wegen seiner Schlechtigkeit allerhand Vorwürfe.

Die Erntezeit war für den Hilgenbauer ein Fest; er war von früh bis spät im Gange, arbeitete wie im Stundenlohn, aber je mehr er schanzte, um so heller wurden seine Augen, um so leichter sein Gang.

Ramaker sah ihm oft bewundernd nach und sagte zu Suput: »Es ist gerade, als wenn das, was anderen Leuten die Knochen krumm macht, ihn aufrichtet.« Suput nickte nur, denn vor Ramaker hatte er Angst.

In der Zeit als über den Hilgenbauer im Kruge einmal dreckig geredet wurde, hatte Ramaker ihm auf dem Heimwege gesagt: »Du bist auch so 'n Ducknackscher; die halbe Arbeit hat er für dich getan, und jetzt sitzest du da und sagst nichts dagegen, was die andern reden. Mit dem Munde bist du ja mehr als fromm, aber das macht es nicht allein. Und für solche Leute bedanke ich mich schönstens.«

Aber nicht allein die Arbeit machte den Hilgenbauer frisch und fröhlich, sondern zumeist der Umstand, daß er sich zu einer Frau aussprechen konnte, der er zugetan war.

So lächerlich die riesige Frau mit dem gewaltigen Leibe und dem winzigen Haarknoten auch auf den ersten Blick wirkte, zumal, wenn sie mit ihrer dünnen Kinderstimme anfing zu sprechen, sie hatte ein Herz von Gold und Verstand für drei.

Nichts machte ihr mehr Vergnügen, als aufzutischen; ihre größte Freude war, wenn sie irgendwo helfen konnte, und bei jedem Wochenbette und in jedem Krankenzimmer war sie anzutreffen.

Mut hatte sie wie ein Mann. Damals, als das Gerede über Volkmann im Kirchspiele umging, hatten nach der Kirche in der Wirtschaft mehrere Bauernfrauen auf ihre Männer gewartet, die wegen des Moorkanals noch eine Besprechung hatten, und da war es über Volkmann hergegangen.

Mit einem Male hatte Frau Garberding gesagt: »Es war bislang hier nicht Landesbrauch, gleich nach der Kirche seinem Nächsten gegen den Rock zu spucken. Und was den Hilgenbauer anbetrifft: Hätte der Herr mir Kinder beschert und es wäre eine mannbare Deern dabei, und der Hilgenbauer würde sie zur Frau verlangen, Garberding und ich würden mit Freuden unser Jawort dazu geben.

Ich weiß ganz genau, was es mit ihm für ein Bewenden gehabt hat, aber deswegen freue ich mich doch jedes einzige Mal, wenn er bei uns kommt.« Als man in sie drang, sie solle erzählen, was sie wisse, sagte sie: »Das tu' ich nicht; deswegen hat Garberding mich das nicht wissen lassen.«

Da Volkmann irgendeine Entschädigung für seine Hilfe ablehnen würde, wie sie annahm, strickte sie ihm Strümpfe, ließ ihm Hemden und Unterzeug machen, woran es ihm fehlte, und er nahm das dankend an, denn es war ihm, als käme es von seiner Mutter.

Wenn sie beide allein waren, erzählte er ihr von seinem Leben in den kanadischen Wäldern, und sie weinte still vor sich hin, als sie die Geschichte von der kleinen Margerit vernahm.

Als dann eines Abends Lüder ihr sein Herz ganz ausschüttete und ihr haarklein erzählte, warum er keinen heilen Namen mehr habe, wuchs er ihr vollends in das Herz, und ihr war, als wenn es ihr eigener Sohn wäre.

Da er in Kleidung und Gebaren ganz zum Bauern geworden war, sah sie sich im Kirchspiele nach einer Frau für ihn um und ließ sich bald auf diesen, bald auf jenen Hof fahren, setzte es durch, daß Lüder sie dabei begleitete, und freute sich, wenn sie bemerkte, daß manches wohlhabende Bauernmädchen auf ihn mit Wohlgefallen sah.

Als sie aber ganz von weitem die Rede darauf brachte, daß es an der Zeit wäre, daß er sich eine Frau nähme, und er nicht darauf zuschlug, nahm sie vorläufig davon Abstand.

Zu Jakobi hörte Lembkes Pachtzeit auf, und nun zogen Volkmann und Ramaker wieder auf den Hilgenhof; anfangs führte eine Witfrau mit ihrer fünfzehnjährigen Tochter ihm den Haushalt.

Im Januar kam Ramaker nach langem Drucksen damit zutage, daß er ein Mädchen an der Hand habe, eine Kätnertochter aus Breeden, und wenn der Bauer nichts dawider habe und ihn dann noch behalten wollte, so möchten sie wohl bald heiraten.

Lüder paßte das sehr gut, besonders, als er das Mädchen kennengelernt hatte, denn Frau Könnecke war mürrischer Art und nicht gewöhnt, abseits vom Dorfe zu leben.

So richtete denn Volkmann das Häuslingshaus her, in dem bislang die alten Lembkes gewohnt hatten, Frau Garberding steuerte aus ihrem Wäscheschrank Ramaker aus, und Ende Februar konnte gefreit werden.

Die junge Frau war freundlich und fleißig und nahm es mit Freuden an, daß sie das Wohnhaus mit in Ordnung hielt und dort gleich für alle kochte, und der Einfachheit wegen aßen die drei Leute da meist miteinander. Auch abends blieben sie oft beisammen, falls Volkmann nicht Frau Garberding besuchte, und er las dann seinen Leuten aus irgendeinem guten Buche vor, bis es Schlafenszeit war.

So verging der Winter in Ruhe und Frieden, und der Bauer hörte keinmal mehr als Fuchteln der schwarzen Flügel vor seiner Stirn, zumal er in seiner freien Zeit an einer naturwissenschaftlichen Arbeit schrieb und nebenher die Geschichte der alten Bauerngeschlechter von Reethagen, Breeden und Schedensen zusammensuchte.

An einem schönen Sonntagvormittag im April saß der Bauer mit einem Buche in der Hainbuchenlaube und sah dem Eichelhäher zu, der zwischen dem Holze und dem Grasgarten hin und her flog, weil er im Garten Hühnerfedern suchte; er hatte den Vogel gern, der im Walde zwar das Wild vor dem Jäger warnte, dafür diesem aber auch den Fuchs und den Bock meldete und dem die Bauern deshalb den Namen Markwart gegeben hatten. Er ergötzte sich an dem bunten Narren, der mit gesträubter Holle auf dem Rasen umherhüpfte und sich fortwährend scheu umsah, als wären ihm die Federn nicht gegönnt.

Plötzlich duckte er sich, kreischte auf und strich ab. Schritte kamen über den Steinweg, die Pforte klinkte auf, und als der Bauer aufsah, kam der Vorsteher mit freudigem Gesichte auf ihn zu und streckte ihm beide Hände entgegen.

»Du sollst auch vielmals bedankt sein, Lüder«, rief er und schüttelte Volkmann die Hände, »für den vielen Beistand, den du mir geleistet hast. Das muß ich sagen: Es ist alles so in der Reihe, als wenn ich selber da war. Suput sagte: ›Ja, der, der ist jetzt ein ganzer Bauer.‹ Na, und Suput macht schon allerlei Ansprüche.

Na, und dir geht es gut, das sehe ich, und mir auch, wenn ich auch wohl niemals wieder der Kerl von früher werde. Jetzt heißt es Schritt fahren, wenn ich über den Berg kommen soll. Mein seliger

Vater hat es auch an der Lunge gehabt und hat mit vierzig von uns fort müssen.

So, und wenn du kein besseres Mittag hast, dann möchtest du zu uns kommen; ich habe aus Hannover einen ganz gefährlichen Kalbsbraten mitgebracht, und Trina sagt, den kriegen wir allein nicht auf.

Hier hast du übrigens auch alles gut im Stande; nun fehlt bloß noch eine glatte Frau, und dann ist alles richtig.«

Lüder nahm mit Dank an, und dann gingen sie langsam durch die Heide. Als sie an dem Graben waren, der die Grenze zwischen der Hilgenhofer Heide und der des Vorstehers war, blieb Garberding stehen, sah Volkmann an und sagte: »Weißt du, was heute für ein Tag ist? Vor zwei Jahren standen wir zum ersten Mal hier.«

Als er weiterging, setzte er hinzu: »Du hast mir damals gleich gefallen und meiner Trina auch. Junge, wenn die nicht auf sechzig ginge, ich könnte es wahrhaftig mit dem Übelnehmen kriegen: Sie redet von nichts weiter als von dir; ich bin jetzt man Handpferd geworden.«

Er sah sich in der Heide um. »Ja, es ist doch man einmal schön hier bei uns. Da oben auf dem Harze, ich weiß nicht, schön ist es da ja wohl, und auch die Leute können mir ganz gut gefallen, und gesund ist es da auch für die Lunge, aber leben möchte ich da nicht. Man stößt mit den Augen meist überall gegen die Berge, und denn redet mir das Volk auch zuviel. Und die Unruhe, die Unruhe! Selbst im Winter ist da alles voll von Stadtleuten, die vor Langerweile mit Kinderschlitten die Berge herunterrutschen oder sich mit den unklugen Schneeschuhen abmarachen, als wenn sie dafür bezahlt werden. Da ist es hier doch besser. Wie schön der Post riecht und das Birkenlaub! Der Doktor meinte, ich sollte noch dableiben, aber ich sagte ihm: Dann werde ich wieder krank.«

Er blieb wieder stehen und atmete mühsam. »Nun erzähl du; gehen und sprechen zusammen kann ich nicht mehr.«

Volkmann teilte ihm alles Wichtige mit, auch über das Kesseltreiben, das man gegen ihn veranstaltet hatte, und auf welche Weise Freimut sich dabei benommen hatte. Der Vorsteher lachte im Halse;

einen Teil hatte er von seiner Frau schon vernommen, und er freute sich, daß Volkmann so gut dabei abgeschnitten hatte.

Nach dem Mittag ließ Garberding sich den Liegestuhl, den er sich mitgebracht hatte, in den Garten stellen und sagte: »Da liegt man nun zugedeckt wie ein Wiegenkind und sieht ein Loch in den Himmel. So, nun schmök mir was vor; ich habe es mir abgewöhnen müssen, es geht auch so.

Jetzt wollen wir einmal die alte Bohrgeschichte besprechen. Der Mann, Neumann heißt er ja wohl, läßt nicht locker und hat hier einen Vorvertrag geschickt, der für die politische und für die Realgemeinde gültig sein soll, damit ich ihn in der Gemeindeversammlung vorlegen kann. Ich habe ihn zehnmal und mehr durchgelesen, und ich glaube, so ganz uneben ist er gerade nicht. Hier ist er!«

Volkmann las die dreißig Abschnitte des Vertrages durch, fand aber bald mehrere Stellen, die für die Gemeinde gefährlich werden konnten, und deshalb schlug er vor, die Landwirtschaftskammer in Hannover solle über den Vertrag erst ein Gutachten abgeben. Nach acht Tagen kam der Vertrag zurück und ein anderer dabei, der auf den von der Kammer entworfenen Mustervertrag zugeschnitten war und mit dem sich die Gemeindeversammlung zufrieden erklärte.

Der Berliner machte ein Gesicht wie der Hund zu dem Zaunigel, als ihm gesagt wurde: So oder überhaupt nicht!, reiste ab, um den Vorvertrag seiner Gesellschaft vorzulegen, und nach vierzehn Tagen fand die Versammlung statt, in der die Annahme erfolgen sollte.

Der Wind hatte drei Tage von Morgen geweht, und die Luft war voller Staub; das war günstig für Neumann, denn so wurde von Anfang an scharf getrunken. Er hatte seine Getreuen schon die Tage vorher aufgesucht, und die hatten die anderen bearbeitet.

Als der Vorsteher und der Hilgenbauer in den Krug kamen, war der Saal blau von Tabaksdampf, und viele Köpfe waren rot. Neumann schmiß einen kalten Blick nach den beiden Männern, stürzte dann auf sie zu, lächelte süß, drückte ihnen die Hände und sprudelte los: »Wir müssen noch ein Augenblickchen warten, es sind noch nicht alle da.«

Garberding sah nach der Uhr. »In zehn Minuten fange ich an; auf drei Uhr ist angesetzt. Danke«, fuhr er fort, als ihm der Ingenieur ein Glas Wein hinstellen wollte, »ich bin um diese Zeit Kaffee gewöhnt, und Alkohol darf ich überhaupt nicht mehr.«

Auch Volkmann bestellte sich Kaffee, und die großen Bauern riefen einer nach dem anderen: »Nordhoff, mir auch!« Und sie setzten hinzu: »Es geht um Tausende, und da ist es besser, man bleibt bei Verstand.« Schließlich trank alles Kaffee, und Neumann sah grün im Gesichte aus.

»Bevor ich den Vertrag verlesen lasse, frage ich an, ob jemand vorher einen Antrag zu stellen hat?« rief der Vorsteher.

Volkmann stand auf. »Ich beantrage zweimalige Lesung; in der zweiten Lesung Einzelabstimmung über jeden Abschnitt.« Der Berliner lächelte gezwungen, als der Antrag gegen drei Stimmen durchging.

»Hat noch jemand einen Antrag?«

Wieder stand Volkmann auf. »Ich beantrage, daß die Versammlung beschließen möge, daß die Bohrungen nicht in der Feldmark und auf den alten Wiesen, sondern nur in der Heide unter dem Dorfe, im Bruche und im Moore stattfinden sollen.«

Die Bohrgarde murrte, aber Volkmann fuhr fort: »Ich war letzte Woche in Wietze-Steinförde; da sieht es bunt aus; der Bauer hat da gar nichts mehr zu sagen; vor dem Wohnhause hat er den Fallmeißel und dahinter die Sonde. Ich will gegen den Wert der Bohrungen im allgemeinen nichts sagen, aber Segen bringen sie uns nicht. Zu leben hat jeder von uns hier, und Geld, das einem so zufällt und nicht erworben wird, das bleibt nicht.

Wo ist der Ölheimer geblieben? Vor die Hunde ist er gegangen mitsamt seinem Gelde. Was ist aus der Familie Janke geworden? Der Alte ist über dem vielen Gelde verrückt geworden, und der Junge hat sich scheiden lassen von seiner Frau und lebt mit so einem Weibsstück.

Ihr sollt sehen, steht hier erst alles voller Bohrtürme, dann müßt ihr tanzen, wie die Gesellschaft flötjet!

Und ob eure Frauen und Töchter dann noch alleine über die Landstraße gehen können, das ist sehr die Frage. Es ist jetzt schon schlimm genug in der Heide; Messerstechereien sind jetzt an der Tagesordnung und Raubanfälle und Einbrüche auch.

Hier«, er holte eine Zeitung heraus und ließ sie rund gehen, »das ist der dritte Lustmord in zwei Jahren bei uns! Früher wußte man von solchen Greueltaten hier nichts; aber seitdem das Volk aus aller Herren Ländern hier herumläuft, ist kein Frauensmensch seines Lebens mehr sicher.

Und deswegen haben der Vorsteher und ich es uns vorgenommen: Wir beide schließen nicht ab.«

Ehe er sich noch gesetzt hatte, sprang Neumann auf und wollte lospoltern, doch der Vorsteher winkte ab. »Herr Neumann, Ihre Ansicht kommt hier nicht in Frage. Wir wollen jetzt die Abschnitte verlesen. Ihr seid es wohl zufrieden, daß Volkmann das tut; mir ist das viele Reden nicht gut.«

Neumann biß sich auf die Lippen; er hatte geglaubt, daß man ihm das Vorlesen überlassen werde. Die Abschnitte eins, zwei und drei waren verlesen, als Volkmann aber den vierten verlesen hatte, bat er um das Wort: »In dem Vorvertrage steht, daß jeder Besitzer für jeden angebrochenen Morgen entschädigt wird; hier aber ist zu lesen: für jeden Morgen.«

Neumann wurde blaß, denn die Bauern stießen sich an und sahen kalt zu ihm hin. Volkmann fuhr fort: »Der Unterschied ist sehr wichtig, denn nach der neuen Schreibart sind wir die Dummen, indem wir, wenn ein Bohrloch oder sonst etwas nicht so viel Platz einnimmt, daß es einen Morgen ausmacht, wir keinen blanken Pfennig bekommen. Und solche Sachen stehen mehr in dem neuen Vertrage, obwohl Herr Neumann sagte, seine Gesellschaft habe nur hier und da die Schreibweise ein bißchen verfeinert.

Kurz und gut: Wir sollten hier über den Löffel balbiert werden, denn wir sind ja man bloß dumme Heidbauern, und das da in Berlin sind vornehme Herren. Sehr vornehme Herren sind es, denn sie wollen ja nur unser Bestes, nämlich unser Geld.«

Ein Hohngelächter schallte durch den Saal, und sogar Nordhoff meckerte laut los.

»Ist richtig!« »So ist es!« »Das ist die Wahrheit!« »Schwindel!« »Betrügerei!« so schrie es, und selbst die Neumannsche Leibwache stimmte mit in das Hohngelächter und Entrüstungsgepolter ein.

Der Berliner, der vor Aufregung zu hastig getrunken hatte, sprang auf und kreischte: »Ist das eine Art und Weise von 'ner Sache! Einen hier erst herlotsen und dann zum Narren halten? Und wer ist denn der Herr, der Sie um die schöne Entschädigung bringen will? Ist es ein Bauer, ist es einer von Ihnen? Fragen Sie im Celler Zuchthause an, wer es ist!«

Weiter kam er nicht. Alle Bauern, bis auf den Vorsteher und Volkmann, sprangen auf, und es war ein Gebrüll, daß Frau Nordhoff in der Küche schrie: »Herr im hohen Himmel, das gibt Mallör!«

Nordhoff schloß schnell die kleine Tür auf, und als der Agent noch reden wollte, schob er ihn ziemlich unsachte hinaus.

»I, so 'n Lümmel«, sagte der Vollmeier Röpke; »so 'n Lümmel! Nordhoff, nun aber schnell Bier. Es ist man ein Segen, daß der Klabautermann sich dünne gemacht hat, denn mir fing die Hand schon an zu jucken.«

Als jeder Bier hatte, rief der lange junge Mann: »Unser Freund Volkmann, der uns vor schwerem Schaden bewahrt hat, er soll leben vivat hoch und abermals hoch und zum dritten Male hoch.«

Während alle mit dem Hilgenbauer anstießen, hub der Schneider Fricke, der kein Freibier vertragen konnte, mit seinem verschossenen Tenor zu singen an: »Er lebe hoch, hoch, hoch!«, denn er war Mitbegründer des Gesangvereins Reethagen.

Die Nachtigall

Weiter in der Umgegend hatte der Agent mehr Glück gehabt. Von Schedensen und Breeden aus konnte man die schwarzen Bohrtürme in den grünen Feldern sehen.

Wenn die Bauern aus den Nachbardörfern nach der Kirche erzählten, welche Einnahmen sie jetzt schon aus den Bohrverträgen hätten, dann kauten die Bauern von Schedensen und Breeden taub und manche Reethagener auch; aber der Berliner hatte von Reethagen ein so schlechtes Bild gemacht, daß sich dort kein Agent mehr sehen ließ.

Eines Tages hieß es im Weißen Rosse: »Nordhoff, hast du all gehört? Fürbotter hat sich aufgehängt; er hat sich in Bohrkuxen verspekuliert.«

So war es auch, und er war nicht der einzige, der sich bei den Papieren einen Bruch gehoben hatte.

Hier schlug ein Bauer lang hin, da kippte ein Ziegeleibesitzer um, dort lag ein Kaufmann auf der Nase; alle hatte das Bohrfieber umgeworfen. Sie hatten Kuxe gekauft, wenn eine Gesellschaft fündig geworden war, und hinterher kamen die Zubußen.

Hier hatte bei der Anwendung des Gefrierverfahrens der Magnesiumzement sich entmischt, und der Schwemmsand sprengte die Tubbings des Schachtes; da war man auf hundertfünfzig Meter niedergegangen, erlebte einen Wassereinbruch, und der Schacht ersoff rettungslos; da kam es gar nicht zum Abteufen, denn auf sechzig Meter trieb der Sand und knickte die Mannesmannstahlrohre wie Stroh.

An einer anderen Stelle hatten sich ölige Schichten auf den Moorgräben gezeigt; eine Gesellschaft riß alles Land, das sie kriegen konnte, zu hohen Preisen an sich und bezahlte zum Teil mit Kuxen, worüber die Verkäufer sehr froh waren. Dann kam ein Geologe von der Königlichen Landesanstalt und stellte fest, daß das kein Öl, sondern humussaures Eisenoxyd war. Da nun schon eine Straße gebaut und ein Schienengeleise gelegt, Dampfmaschinen hingebracht, Bohrtürme und Schuppen gebaut waren, so mußten die Kuxeninhaber nachzahlen, daß ihnen die Augen bluteten.

Aber die Krankheit ließ trotzdem nicht nach, denn kaum stieg man weiterhin auf Kali, so stürzte sich alles, was etwas bar Geld liegen hatte, auf die Kuxe wie die Bremsen auf die Heugespanne, und als es sich herausstellte, daß dort kein abbaufähiges Lager, sondern nur eine Linse stand, da hatte mancher Mann alles verloren, was er in zwanzig Jahren zusammengebracht hatte.

Dazu kam noch, daß es überall dort, wo gebohrt oder gar gefördert wurde, immer ungemütlicher ward.

Die fremden Arbeiter, die gut verdienten, saßen in den Wirtschaften vornan, und es verging keine Woche, ohne daß es eine böse Schlägerei zwischen ihnen und den jungen Leuten aus dem Dorfe gab; dem Wirt in Hülsingen wurde das halbe Haus zerschlagen, in Kronshagen wurde einem Anbauernsohn ein Auge ausgestochen, in Altmühlen kam es zu einer wahren Völkerschlacht, wobei es acht Schwerverwundete und einen Toten gab, und bei Schütthausen wurde die Frau des Schneiders Mögebier ermordet und beraubt im Busche gefunden.

Bald hier, bald da wurde eingebrochen, Vieh verschwand von der Weide, Wäsche von der Bleiche, überall wurde gewildert, die Brandstiftungen nahmen kein Ende, denn die Landstraßen waren lebendig voll von verdächtigem Volke, und wer nicht gab, der hatte den Schaden.

So dankten die Reethagener es ihrem Schöpfer, daß der Hilgenbauer sie vor dem Abschlusse bewahrt hatte, denn bei ihnen war noch ein ruhiges Leben möglich.

Da nun Volkmann bis auf die Schmisse in seinem Gesichte ganz so wie ein richtiger Bauer war, auch ursprünglich aus der Gegend stammte und jedem gefällig war mit Rat und Abfassen von Schriftsätzen an die Behörden, und die Leute, denen daran lag, ihn in den Graben zu werfen, verschwunden waren, so stand er im Herbste anders da als das Jahr vorher, und er hätte überall anklopfen können, wo eine Tochter war.

Der Vorsteher und seine Frau ließen es an Anspielungen nicht fehlen, und er selbst sah ein, daß er nicht länger ledig bleiben dürfe;

aber wenn er auch hier und da eine Bauerntochter antraf, die ihm ganz gut gefiel, sowie sie den Mund auftat, sah er einen Graben zwischen sich und ihr, denn dann fiel ihm die Stimme ein, die an jenem Vormittag im April an seiner Schulter gefragt hatte: »Ich bin Ihnen wohl recht schwer?«

Nicht, daß er mit Hoffnung an das schöne Mädchen, das wohl längst Frau und Mutter war, dachte, aber sie war ihm der Maßstab, den er überall anlegte, wo er mit einem Mädchen zusammenkam, das auf den Hilgenhof gepaßt hätte. Da er nun schwer arbeitete, dem Vorsteher alle Schreibereien abnahm und alle weiten Wege, so daß er abends meist schon einschlief, ehe er beide Beine unter der Decke hatte, so kam es ihm wenig in den Sinn, daß er ein einsamer Mann war.

Hatte er das Bedürfnis, mit einem Frauenzimmer zu reden, so ging er in das Häuslingshaus und freute sich an der fixen Frau Ramaker, die Zwillinge zu versorgen hatte und doch mit der vielen Arbeit zu Gange kam, oder er saß bei Garberdings und schnackte mit der Bäuerin, oder er blieb eine Stunde im Kruge und erzählte sich etwas mit den Frauensleuten, denn Nordhoff ging nur in die Gaststube, wenn er mußte.

Mit dem Vorsteher wurde es wieder schlechter, als es auf den Winter zuging, und so entbot er die sechs Vollmeier zu sich, sagte ihnen, er könne nicht mehr länger Vorsteher sein, und fragte sie, wer der Gemeinde wohl am besten anstehe.

»Am besten wäre Volkmann«, meinte Röpke, »wenn die Regierung nur keine Bedenken hat.«

Der Vorsteher schüttelte den Kopf. »Das hat sie nicht; was ihm zugestoßen ist, gilt mehr als ein Unglück, als eine, ja, na, als etwas, das nicht ehrenhaft ist. Ich habe mit dem Landrate lang und breit darüber gesprochen. Und meine Meinung ist: Einen besseren Vorsteher kriegen wir nicht; er steht gut da, hat mehr gelernt als wir alle zusammen, reibt es aber keinem unter die Nase, er schickt sich ganz gut in unsere Art, ist gefällig wie nur einer, und er hat die Gemeinde vor großem Schaden bewahrt. Und da ihr ja alle meiner Meinung seid, ist es das beste, ihr beredet euch mit den anderen, damit er einstimmig gewählt wird, denn ohne das, glaube ich, nimmt er nicht an.«

Der Plan lief nach Wunsch aus; Garberding legte sein Amt nieder, und der Hilgenbauer wurde einstimmig zu seinem Nachfolger gewählt. Volkmann wurde erst blaß und dann rot, als er gewählt wurde, und er wußte erst nicht, ob er annehmen sollte. Da stand Garberding auf und sprach:

»Ich weiß, warum unser Freund sich bedenkt, und viele, ja wohl die meisten von uns werden es auch wissen. Es steht mancher Mann hoch in Ansehen, dessen Hand ich nicht in meiner haben will, und mancher Mann gilt nicht für ehrenhaft vor der Welt, zu dem ich mich liebend gern an den Tisch setze. Was bedarf es noch vieler Worte? Wir haben unser eigenes Recht, das älter ist als die Gesetze, die in den Büchern stehen und manches Mal gar nicht auf unsere Art passen. Unser erstes Gesetz heißt die Gemeinde, das ist das Haupt; alles andere liegt weit weg. Und wenn ich, der ich meinen Freund durch und durch kenne, keinen lieber als ihn hier sehe, wo ich jetzt bin, und wenn der Herr Landrat ebenfalls der Ansicht ist, daß wir keinen besseren Vorsteher kriegen, so kannst du«, und damit drehte er sich nach Volkmann und gab ihm die Hand, »meinen Glückwunsch getrost annehmen.«

Als Vorsteher Volkmann aus der Versammlung nach Hause ging, mußte er immer an den Tag denken, an dem er auf dem Heidberge lag und dem Ortolan zuhörte, der in der Birke saß und sang.

Ein Landstreicher war er damals gewesen, ein heimatloser Mann, den jeder Gendarm stellen und nach seinen Papieren fragen durfte; jetzt hatte ihm die ganze Bauerschaft eine Ehre angetan, die er, der Bauern kannte, nach ihrem vollen Werte einschätzen konnte.

Als er auf den Hof trat, ging ihm Ramaker entgegen; die Augen des Häuslings glänzten, und er stotterte vor Aufregung, als er dem Bauern Glück wünschte, denn als er in der Heide Plaggen haute, war der Briefträger mit dem Rade den Pattweg heruntergekommen und hatte ihm zugerufen: »Den Bauern haben sie zum Vorsteher gemacht!«

Auch Frau Ramaker lachte über ihr ganzes rundes Gesicht, gab ihm die Hand, sagte: »Viel Glück auch!« und warf hinterher: »Wie sagt man denn jetzt: Bauer oder Herr Vorsteher?« Und als Volkmann antwortete: »Es bleibt alles so, wie es ist«, schüttelte sie den Kopf, daß ihre Flechte losging, und indem sie sie feststeckte rief sie:

»Das will ich nicht hoffen, denn jetzt muß hier eine Frau her! Was ist denn das für ein Werk! Ein lediger Vorsteher? Das habe ich meinen Tag noch nicht erlebt. Und mir wird es mit der Arbeit zuviel: einen Mann, zwei kleine Kinder, das Vieh und zwei Haushaltungen, das halte ich nicht lange mehr aus.«

Am anderen Tage kam Freimut angefahren. »Mann«, schrie er über den Hof, daß die Schruthähne an zu kollern fingen, »siehst du mir nichts an?«

Volkmann lachte. »Bist du Justizrat geworden?«

Der Anwalt schnaubte. »Sehe ich denn schon so bresthaft aus?« Er hielt ihm seine linke Hand vor die Augen, die so groß war, daß ein junges Mädchen ihn einst bat: »Ach bitte, Herr Referendar, halten Sie doch Ihre Hand vor die Tür, es zieht so.«

Der Anwalt lachte. »Ja, die Liebe, sie hat mich zur Strecke gebracht, mich, den letzten der Mannen von Niefelheim, der die alte gute Sitte hochhielt und als dreimal destillierter Junggeselle einsam hinter dem Biertopf saß, wenn die anderen den Hausschlüssel nicht bekommen konnten. Nun barst auch diese letzte Säule, verödet ist die Stätte, wo das schöne Lied von den Brummelbeeren so oft erklang, denn jedweden Abend mache ich jetzt bei meiner Braut hübsch.

Hier ist sie.« Er zog ein Bild aus der Tasche. »Hildegard heißt sie, hat ein Haus mit einem Garten drum herum und auch sonst noch Vorzüge mannigfacher Art, vor allem den, daß sie beinahe so lang wie Schreiber Diese ist.

Mensch, nun mußt du auch noch heiraten, und ein Mädel, das auch von deinem Kaliber ist.

Bis Montag habe ich Urlaub, denn meine Hilde ist nach ihrer Tante gefahren, und ich will jetzt einige Hasen erschlagen.«

Als er von Ramaker hörte, daß sein Freund Vorsteher geworden war, schlug er auf den Tisch, daß es knallte, küßte Lüder ab und schrie: »Bei meinem Barte! Die Bauern hier sind noch klüger, als ich dachte. Donnerhagel noch einmal, werde ich aber mit dir protzen; mein Duzfreund, der Vorsteher!

Denn, mein Lieber, wenn du dich auch sträubst wie ein Borgfarken, zu meiner Hochzeit mußt du kommen. Es werden nur tüchtige Kerle und schöne Frauen und Mädchen eingeladen, und die Kirche soll voll von Maibäumen sein, daß es darin aussieht wie in der Lüneburger Heide, wenn die Dullerchen singen. Und meine zukünftige Hausehre hat dir schon eine Tischnachbarin ausgesucht, die schönste, die es auf der Welt geben soll von allen, was seine Haare in Flechten trägt.

So, und nun wollen wir los; mir kribbelt es im Drückefinger, und ich will morgen Hasenpfeffer so essen, wie es sich gehört, und nicht solchen labberigen Bratenabfall, den sie einem in den lackierten Herbergen als das auftischen.« Und er sang mit seinem Bierbasse: »Auf und an, spannt den Hahn, lustig ist der Jägersmann!«

Die Wintermonate sprangen Volkmann unter den Fingern fort, soviel Arbeit brachte ihm das Vorsteheramt. Die Arbeit machte ihm aber Freude, denn er lernte viel dabei und konnte allerlei Gutes wirken.

Ohne daß sie es merkten, brachte er den Bauern Verständnis für die Schönheiten der Landschaft bei, rettete den alten Wahrbaum vor dem Dorfe, der der Straßenverbreiterung weichen sollte, ließ die beiden Steingräber in der Heide, die zu Brückensteinen zerschossen werden sollten, für ewige Zeit schützen und verhinderte es, daß allerlei überflüssige Vereine sich bildeten und das dörfliche Leben städtisch machten.

Da die Vorarbeiten für die Bruchentwässerung in Angriff genommen wurden und eine Nachverkopplung notwendig wurde, die viel Lauferei und Schreibarbeit mit sich brachte, so war es mit einem Male mitten im Frühling, und es war ihm, als er die erste Lerche über der grünen Saat hörte, als wäre sie den Tag zuvor erst fortgezogen.

An einem Aprilabend, als er aus dem Bruche kam und an dem Ellernbusche vorbeiging, der zu beiden Seiten der Beeke lag, hörte er einen fremden Ton, und sofort sagte er sich: »Das ist ja eine Nachtigall.«

Er blieb stehen und wartete, bis sie weiterschlug, und dann mußte er lachen, denn an seine naturgeschichtliche Arbeit hatte er den ganzen Winter nicht denken können und an vieles andere auch nicht.

Ganz selten einmal, wenn er im Schummern am Herdfeuer saß und rauchend in die roten Flammen sah, hatte er an das große, schöne Mädchen mit der hellen, reinen Stimme gedacht, und nur so, wie man an einen Traum denkt, den man nicht vergessen kann und nicht vergessen will.

Nun aber, als er abends allein bei dem Feuer saß und an den einen Laut dachte, der aus dem Ellernbusche kam, war es ihm, als hätte er tags zuvor erst ihre Stimme an seiner Schulter gefühlt, und als der Spinnstuhl sich meldete, bedünkte es ihm, als hätte die Allerschönste dort eben gesessen und müsse im Augenblicke wieder hereinkommen, ihn anlächeln und ihre Stimme ihm entgegenflattern lassen.

Als er dann in der Dönze saß und noch einige Zahlen aus seinem Taschenbuche eintrug, da schrieb er, fast ohne zu wissen, was er tat, ein Dutzend Zeilen auf einen leeren Streifen Papier, und dann schüttelte er den Kopf über sich selber, denn seit seiner Burschenzeit hatte er kein Gedicht mehr geschrieben.

Er las es durch und nickte zustimmend, als hätte jemand anders es geschrieben, das Liedchen, das in zwölf Zeilen die Empfindung ausdrückt, die ein Mensch hat, der tief im braunen Bruche einen einzigen, verlorenen Nachtigallenlaut vernimmt.

Er las es noch einmal, lächelte und dachte, daß es wirklich gar kein schlechtes Gedicht wäre, und als er im Bett lag, war es ihm, als sei es nicht die Nachtigall gewesen, sondern eine andere Stimme, die ihn gezwungen hatte, stehenzubleiben.

Freimut hatte seine Hochzeit auf den ersten Mai, »den Tag der Odinsfreite«, wie er schrieb, angesetzt und dabei bemerkt: »Frack brauchst du nicht; wir kommen alle im Gevatterrock, dieweil wir nicht den Ehrgeiz haben, wie Kellner auszusehen. Einen Polterabend kann ich mir nicht leisten; ich habe an dem Tage eine Verteidigung.«

So packte Volkmann den Kirchenrock und den hohen Hut in den Reisekorb, den Freimut dagelassen hatte, und fuhr los. Seine Gabe, eine sehr schöne alte Beilade mit reicher Schnitzerei, die er hatte zurechtmachen lassen, hatte er durch den Baumeister schon in das Heim der Brautleute schicken lassen.

Als er in der großen Stadt war, suchte er sich ein ruhiges Gasthaus, ging dann durch die Straßen, kaufte sich Handschuhe und leichte Schuhe und ließ sie nach dem Gasthofe schicken. Dann setzte er sich an der Hauptstraße in ein Kaffeehaus, um hinter der Efeuwand her das bunte Leben zu betrachten.

Alle Leute blickten auf, als der bäuerlich angezogene lange, schöne Mann mit dem braunen bartlosen Gesichte zwischen den Marmortischen einherging. Die Männer lächelten spöttisch, die Frauen aber reckten sich die Hälse nach ihm aus, und mehr als eine flüsterte: »Wie interessant; ein Bauer mit Schmissen!«

Als er sich gesetzt hatte und dem Kellner winkte, dachte er so bei sich: Was für unverschämte Augen die Frauensleute hier doch machen; denn er hatte sich schon ganz an die dörfliche Art gewöhnt.

Er fand, daß er an dem städtischen Leben gar keinen Anteil mehr hatte; so manches Gesicht kannte er noch von früher her, sah fein angezogene Leute, die damals einfach gingen, und andere, denen es nicht so gut zu gehen schien wie vordem.

Der Lärm, die Rastlosigkeit, die Reklame, der abscheuliche Gegensatz zwischen Protzerei und Elend, alles das widerte ihn an, und als der Kellner einen vor Nervenschwäche am ganzen Leibe fliegenden Mann, der Ansichtskarten feilbot, hinausweisen wollte, stand der Bauer auf, kaufte drei Karten und gab dem armen Menschen ein Zweimarkstück.

Gerade war er dabei, die Aufschriften abzufassen, denn er wollte die Karten an Garberding, Ramaker und Nordhoffs Lieschen schicken, da fuhr er in die Höhe, denn eine Stimme, die er nur einmal und nicht wieder in seinem Leben gehört hatte, erklang jenseits der Efeuwand.

Der Bleistift fiel ihm aus den Fingern, er sprang auf und trat auf die Straße, sah aber nur noch den Lohnwagen im Gewühl verschwinden.

Wie vor den Kopf geschlagen fiel er auf den Stuhl, trank einen Schluck von dem Bier, bezahlte und ging, ohne seine Postkarten mitzunehmen.

Er wanderte von der Hauptstraße nach den Anlagen und von da wieder in das Gewühl, ohne etwas zu sehen, ohne daran zu denken, daß er noch essen und sich umziehen müsse.

Mit knapper Not kam er in seinen Kirchenrock, ließ sich einen Wagen kommen und drängte sich durch den Kreis der Zuschauer in dem Augenblick in die Kirche, als die Orgel losjubelte und das Brautpaar zum Altar schritt.

Er sah nichts, er hörte nichts, denn alle seine Sinne waren bei seinem Erlebnisse an jenem Vormittage im April, als der Ortolan in der Hängebirke sang und die Luft nach Post und Juchten roch.

Die Kirche war voll von Juchtenduft, denn sie war mit grünen Maibäumen ausgeziert, und der Geruch der Heimatheide legte sich so eng um den Mann, daß er den Altar und den Priester und das Brautpaar wie ein Bild sah, das ihn kein bißchen anging, und die Traurede hörte sich für ihn nur an wie das Rauschen von Laub im Winde.

Dann aber machte sein Herz einen Satz, seine Augen wurden groß, und er tat einen Schritt voran, besann sich aber und sah nur, indem ihm das Blut umschichtig zum Kopfe und zum Herzen schoß, dahin, wo sie stand, deren Stimme er an jenem Apriltage und heute jenseits der Efeuwand vernommen hatte.

Er kannte sie auf den ersten Blick, obwohl ihr Gesicht und ihre Gestalt etwas voller waren als damals und obgleich sie ihm in dem ausgeschnittenen Kleide und den bloßen Armen ein wenig fremd vorkam. Er fühlte viel Glück in sich, und ein jähes Durstgefühl machte seine Lippen trocken, dann aber ging ihm ein Stich durch das Herz; sie war schon lange eines anderen Frau. Er trat auf dem Läufer leise näher, um die Gesichter der Männer zu sehen und zu erraten, wer es wohl sein könnte, der zu ihr gehörte.

Die Traurede war nur kurz, ihm aber deuchte sie kein Ende zu haben, und als das Brautpaar an ihm vorüberging, der junge Ehemann ihm zunickte und die junge Frau ihn anlächelte, starrte er sie an, als wenn er sie nicht kenne.

Dann aber kam der Baumeister auf ihn zu, nahm ihn beim Arm, und indem er sagte: »Kommt her, ich muß Euch Eurer Tischdame vorstellen, Ihr Bummler, der Ihr seid«, führte er ihn zu jener, der er dereinst dahinten in der Heide Beistand leistete.

Es waren nur zehn Schritte, die der Bauer zu machen hatte, aber er war todmüde und elend vor Aufregung, als er sie hinter sich hatte, und erst als Schönewolf gesagt hatte: »Ihr Tischherr, Fräulein Rotermund, der Vorsteher Volkmann, genannt Hilgenbur aus Reethagen«, da bekam er wieder Kraft und sah sie an.

Als sie mit glührotem Gesicht ihren Arm unter seinen schob und er sie zum Wagen führte, kam er sich vor, als machte er selber heute Hochzeit.

Die Heidlerche

Auf dem Hilgenhofe gab es einen großen Aufstand an diesem Abend, denn um acht Uhr kam der Briefträger angeradelt und brachte eine dringende Depesche für Ramaker.

Der drehte das Papier unschlüssig in der Hand um denn er hatte noch nie eine Depesche gesehen, und schließlich mußte der Briefträger es aufmachen und vorlesen, was darin stand, und der Häusling, die Frau und die Magd standen da, hielten die Hände im Schoß zusammen und machten Gesichter, als ginge es auf Leben und Sterben.

Aber es stand bloß darin: »Ich bleibe noch drei Tage hier. Sagt Garberding Bescheid und haltet euch munter. Volkmann.« Da atmeten sie alle auf.

Um drei Uhr nachts war der Bauer in seinen Gasthof gekommen; als es fünf war, lag er noch wach. Er stand auf, zog sich an, ließ sich von der Magd, die das Gastzimmer aufwusch, Frühstück geben und schenkte ihr einen blanken Taler, so daß sie ihm ganz verdutzt nachsah, denn sein Benehmen war nicht so, als ob er Unrechtes mit ihr im Sinne habe.

Volkmann ging durch die Straßen, in deren Vorgärten die Tulpen unter den blühenden Bäumen in allen Farben leuchteten und über deren Dächern die Mauersegler vor Wähligkeit schrien, denn es war ein prachtvoller Morgen, und der Himmel war hoch und hell.

Hoch und hell sah es auch in dem Bauern aus, als er leichten Schrittes dahinging, und manches niedliche Dienstmädchen, das mit dem Korbe zum Bäcker wippte, machte ihm runde Augen, denn er sah aus, als ob er die ganze Welt in den Arm nehmen wollte.

Das hätte er auch am liebsten getan, denn zu viel Glück war in ihm. Er ging in den Stadtwald, in dem das Sonnenlicht mit dem Nebel spielte und der voll von Vogelliedern war, und suchte in dem Teil, wo die hohen Fuhren ragten, eine Bank auf, die ganz versteckt an einem Graben lag.

Dort war früher sein Lieblingsplatz gewesen, wenn er, abgespannt von der Arbeit bei der Zeitung und dem Parteikampfe, Erholung gesucht hatte, und wo er an dem Morgen des Tages saß, in dessen Verlaufe ihm das Genick gebrochen wurde.

Vor ihm öffnete sich der Wald zu einer Lichtung, die bunt von vielerlei Blumen war und von wo Efeuranken, silbern in der Sonne blitzend, an den roten Fuhrenstämmen emporkrochen.

Volkmann zog seine Uhr heraus und seufzte; es war erst sieben, und vor zehn Uhr konnte er doch nicht gut dahin gehen, wohin es ihn zog. Er nahm den Hut ab und zog die Jacke aus, so heiß war ihm, nicht aber vom schnellen Gehen und von der Sonne, sondern vor Seligkeit.

Wie war das eigentlich alles gekommen? Er saß im Wagen und sie ihm gegenüber; sie hielt seine braune Hand in ihren weißen Händen, und es war, als wenn viele, viele kleine, rosige Kinderhände ihn streichelten, als sie sagte: »So habe ich doch noch Gelegenheit, Ihnen meinen Dank für das zu sagen, was Sie an mir taten.«

Er hatte gestottert wie ein Schuljunge, als er abwehrte: »Das ist doch nicht der Rede wert!« Aber sie war rot geworden, hatte reizend gelächelt und gesagt: »Sie wissen ja gar nicht, was ich meine«, und als er sie verwundert fragte, was das sei, da war sie rot geworden bis auf die Brust und hatte mit niedergeschlagenen Augen geflüstert: »Vielleicht später.«

Seine Tischnachbarin zur Linken war von ihrem Herrn so in Anspruch genommen, daß Lüder sich um sie nicht zu kümmern brauchte, und es dauerte gar nicht lange, da stieß die junge Frau Freimut ihren Mann an und sagte: »Sieh die beiden an; ich glaube, die kennen sich schon lange. Herrgott, gäbe das ein schönes Paar!« Worauf ihr Mann erwiderte: »Dann würde ich nicht bedauern, an diesem Feste teilgenommen zu haben«, und dann rief er: »Au«, denn seine Frau hatte ihn auf den Fuß getreten und »Ekel!« gesagt.

Lüder und Holde aber vergaßen Essen und Trinken, und mehr als einmal stand der Oberkellner mit seinen Gehilfen achselzuckend hinter dem Paare und sah hilfeflehend zu Freimut hin, bis der über den Tisch rief: »Volkmann, magst du keine Forellen? Es sind Heidjerinnen aus Bienenbüttel!«

Und Volkmann sah wie verwirrt um sich, nahm, vergaß zu essen und sprach oder hörte zu, denn viele Abschnitte ihrer Lebensbücher lasen sie zusammen, und als Pastor Wunderlich eine so lustige Rede auf die Schwiegermütter im allgemeinen und die in diesem Falle vorzüglich in Betracht kommenden hielt, daß aller Augen an seinem Munde hingen, da drückten Lüder und Holde sich unter dem Tische die Hände, und sie schob ihm ihren Ring an den kleinen Finger der linken Hand.

Ein goldener Schein flammte über die Lichtung hin; der Pirol war es. Er sah mit seinen rubinroten Augen nach dem Bauern, schwang sich empor und ließ aus der Krone der Fuhre einen goldenen Jubelruf zu dem Manne herabklingen, verstummte und jauchzte aus der Ferne weiter, während rund umher Fink und Meise, Amsel und Drossel und alle die anderen vielen Vögel ihre Lieder ineinanderflochten und die gelben Zitronenfalter so lustig über die hellen Blumen tanzten wie Lüders Erinnerungen über dem Abend, der hinter ihm lag.

»Ich bin der allerglücklichste Mensch auf der Welt«, sagte er vor sich hin. »Wäre ich wohl so glücklich, wenn ich nicht so lange Jahre im Schatten gegangen wäre?« dachte er. »Sicher nicht. Ich wäre bei dem unruhigen Leben in der großen Stadt verflacht, hätte mein Herz nach und nach verzettelt und wäre schließlich ein Geldjäger und Bierphilister geworden.

Den Staub, den ich auf der Seele hatte, habe ich mit Unglück und Einsamkeit abgewaschen, und nun stehe ich rein da, wenn auch nicht vor der Welt, so doch vor ihr, die mir von Anbeginn bestimmt war, und darf ihren roten Mund küssen, soviel ich lustig bin.«

Ein Zaunkönig setzte sich drei Schritte vor ihm auf eine moosige Wurzel am Grabenbord, machte ihm einen Diener und sang ihm sein lautestes Lied vor.

Lüder lächelte; er hätte auch singen mögen, so laut singen, daß der ganze Wald schallte, und ein Gebet wäre das Lied, das zum Himmel steigen müßte.

Nun war er nicht mehr allein auf dem Hilgenhofe; ein Kamerad würde bei ihm sein, der im Hause das Leit in der Hand hielt, wenn er hinter dem Pflug ging, und der abends, wenn die Arbeit getan war, dafür Sorge trug, daß seine Seele nicht auf die Erde fiel und am Boden klebenblieb wie die bunte Motte, die vor seinen Füßen lag.

Alles, alles hatte er ihr gesagt, als er gestern neben ihr saß. Das Wichtigste hatte ihr schon Freimut gesagt. Er hatte ihr von der kleinen Margerit mit dem großen Herzen erzählt und von der Frau, in die er sich als froher Bursche verliebte und der sie, Holde Rotermund, so sehr ähnlich sähe. Und da hatte sie gefragt: »Wie hieß sie?« Und als er sagte: »Frau Professor Rödiger«, da sagte sie leise: »Es war meine älteste Schwester; sie starb vor vier Jahren.«

Und als er ihr erzählte, daß er dann den schlechten Abklatsch der Toten, Frau Mehls, zu lieben vermeint hatte und daß er, als ihr Mann sie los sein wollte, nachdem er sie abscheulich behandelt und dadurch dem Hausfreund in die Arme getrieben hatte, in der Scheidungsklage unter Eid bestritt, Umgang mit ihr gehabt zu heben.

»Sie stehen für mich fleckenlos da«, hatte Holde gesagt; »verweigerten Sie den Eid, so war die Frau gerichtet, und da Sie sie zu lieben glaubten, blieb Ihnen nichts anderes übrig.«

Da hatte er solchen Mut bekommen, daß er, als der Geistliche die Schwiegermütter als lichte Engel abmalte, ihr gestand, daß er seit dem Tage, da er ihre Stimme vernahm, kein Weib mehr habe schön finden können, und sie flüsterte ihm zu, daß auch ihr seine Stimme nachgeklungen wäre, wo sie auch war. Und da hatten sich ihre Hände unter dem Tische Treue gelobt.

Er sah nach der Uhr; es war noch immer viel zu früh. Da hatte er noch Zeit, zum Gasthof zurückzugehen; er wollte Garberding schreiben, daß er eine Braut gefunden habe.

Im Hausflur sagte ihm die Magd, es sei ein großes Paket für ihn abgegeben worden, sie habe es auf sein Zimmer gelegt. Dabei sah sie ihn so an, daß er dachte: »Hier hast du mit deinem Taler ein kleines Unglück angerichtet.«

Als er den großen Karton aufmachte, sah er zuoberst auf der Verpackung einen Brief liegen; die Aufschrift war von Freimut; er schrieb:

»Noch einmal, liebster Lüder, unseren herzlichsten Glückwunsch! In Anbetracht der veränderten Umstände nehme ich an, daß du für deinen hiesigen Aufenthalt die Rustikalität ein wenig ablegen mußt. Sintemalen und alldieweil ich mir nun denke, daß es dir ebenso gehen wird wie mir, indem ich niemals einen fertigen Anzug bekommen kann, denn die Nummer Enak ist heutigen Tages aus der Mode gekommen, gestatte ich mir kurzhändig und ergebenste dir die anbeiige Kluft zu verehren, die für eine elegantere Gestalt mehr geeignet ist als für die mirige. Er hängt schon seit einem Jahr im Schranke. Verzehre ihn in Gesundheit, desgleichen die Anlagen. In vier Wochen will ich auf der Osterwiese den Bock schießen; stelle ihn solange kalt. Frau Rechtsanwalt Freimut kommt mit nach dem Hilgenberge. Handschlag! Jochen.«

Volkmann packte aus und schüttelte den Kopf: Alles war da, wie es sich für einen Stadtmenschen gehört, ein voller Anzug, drei Hemden, Kragen, Halsbinden, Manschettenknöpfe und sogar farbige Strümpfe.

Der liebe Kerl! Volkmann war ganz gerührt, denn so, wie er ging, ganz bäuerlich, paßte er allerdings schlecht neben Holde auf den Asphalt, und einen Anzug, der ihm saß, fand er in dem ganzen Nest nicht, das konnte er sich denken.

Er zog sich schnell um, fand, daß er trotz des bartlosen Bauerngesichtes vortrefflich aussah, und ging barhaupt die Treppe hinunter, denn ein Hutgeschäft war nebenan.

In der Gastzimmertür stand die Magd und sperrte die Augen weit auf; der Mann war ihr rätselhaft: Als Bauer kam er, und als Graf ging er. Denn so sah er aus, bis auf den Schwarzdornstock mit dem sonderbaren gelben Zeichen darin, das ihr, als sie das Bett machte, schon aufgefallen war.

Auch der Kellner in dem Kaffeehause, in dem der Bauer tags vorher eingekehrt war, riß die Augen sperrangelweit auf, holte die Ansichtskarten heraus, die Volkmann hatte liegen lassen, und sagte, als er am Tresen die Bestellung ausführte: »Mir ist schon viel passiert, aber so wat noch nich, Fräulein Frida; der Herr da mit den drei Durchziehern kam gestern als Bauer an, und heute sieht er aus wie ein richtigjehender Jraf. Haben Sie Wörter?«

An einem Tische saß ein Ehepaar, das auch am Tage vorher dagewesen war. Er, ein dürftiges Männlein von einfacher Eleganz, las im Börsenkurier die Kurse, und sie, ein überüppiges, protzig gekleidetes Weib, sah sich die Männer an.

»Siegfried«, sagte sie, »sieh mal, der Bauer von gestern, der mit den Schmissen, du weißt doch, elegant ist er heute, sag' ich dir!« Siegfried knurrte: »Nu, wenn schon! Mathildenhall sind schon wieder gefallen. Der verfluchte Kali!«

Als Volkmann an der Tür des Hauses, in dem Frau Konsistorialrat Freimut wohnte, klingelte, lächelte das alte Dienstmädchen etwas schelmisch. »Herr Volkmann?« Er nickte. »Ich wünsche auch viel Glück! Sie möchten im Garten hinter dem Hause doch ein wenig warten!«

Er ging um das Haus herum und sah in der Laube einen Tisch gedeckt. Dann hörte er hinter den Büschen eine Harke im Kiese kratzen, und als er seine Augen dahin brachte, sah er einen blauen Rock, um den eine weiße Schürze wehte, darunter Holzpantoffeln und darüber blaue Wollstrümpfe mit weißen Hacken, ein rotes Leibchen, kurze weiße Hemdsärmel und einen geblümten Helgoländer. So gingen die Mädchen in der Heide zum Heuen.

Die Sache kam ihm verdächtig vor; er ging näher, und da drehte sich die Heidjerin um, juchte leise auf, warf die Harke fort, nahm ihn um den Hals und rief:

»Nun hat man sich angezogen, um neben seinen Jungen hinzupassen, und da kommt er als Stadtjapper an! ist das rücksichtsvoll! Ist das zartfühlend? Ist das nett?«

Sie sah an sich hinunter. »Seh' ich nicht fein aus?« Er lachte glücklich. »Ja, heute morgen um halb acht habe ich schon zu Frau Schönewolf geschickt und mir die Sachen holen lassen; sie hat sie zu einem Maskenfeste getragen. Nun komm aber in die Laube. Unsere Gardemama schläft noch; sie hat einen kleinen Brummer von gestern.

Wie haben Sie denn geschlafen, mein Herr und Gebieter? Gar nicht? Ich prachtvoll, nämlich auch nicht; ich habe immer an einen gewissen Vagabunden von Gemeindevorsteher denken müssen.

Auf deinem Schoß soll ich sitzen? Ja, schickt sich das auch? Und wo haben wir uns denn von fünf bis jetzt herumgetrieben? Und ich sitze hier seit sieben Uhr und hungere mir Kringel unter die schönen blauen Augen. Aber jetzt hört der Unsinn auf; jetzt wird anständig gefrühstückt. Keine Faulheit vorgeschützt, das gibt es nicht.«

Lüder ließ sie aber so bald nicht los, bis sie ernst machte. Dann aß er und hörte zu, wie ihre Stimme um ihn war und ihr fröhliches Kinderlachen, und ließ sich nötigen, denn das verstand sie wie eine Bäuerin. »Na, dann hiervon wenigstens noch ein bißchen; die Wurst ist ganz frisch. Oder vielleicht Schinken? Aber ein paar Radieschen doch noch? Wie wäre es mit etwas Kräuterkäse? Oder ist dir Rahm-käse lieber? Von der Knackwurst hast du noch gar nichts genom-men! Und der Lachs ist großartig. Ach, Bengel, wenn du gar nichts ißt, dann macht das ganze Verloben keinen Spaß.« Und sie saß wie-der auf seinem Schoße und ließ sich küssen.

»Weißt du«, flüsterte sie, »eigentlich darf ich es gar nicht sagen, denn es ist zu unpassend: Ich habe sehr oft gedacht, wie es wohl wäre, wenn du mich küssen würdest. Und nun sprich, daß ich deine Stimme höre, die ich nicht wieder vergessen konnte und um de-rentwillen ich einen Gutsbesitzer, Witwer mit zwei Kindern, aber sonst noch ganz gut erhalten, samt seinem Rittergute habe abfahren lassen. Und daß ein königlich preußischer Regierungsrat acht Tage lang an Weltschmerz bettlägerig war, daran hat dieser Bauer hier auch schuld.

Junge, ist das eine merkwürdige Geschichte mit uns, ich denke an dich und du an mich die ganzen drei Jahre; er fährt Mist und pflügt, und ich hacke vor Elend Kartoffeln und füttere das Federvieh, und so richtet sich der eine nach dem anderen, und kein einer weiß et-was davon.

So, hier hast du eine Zigarre; ich ziehe mich um, und dann gehen wir zum Promenadenkonzert. Hast du mir auch einen Veil-chenstrauß mitgebracht? Ohne Veilchenstrauß geht hier keine an-ständige Braut zum ersten Male mit ihrem Bräutigam über die Stra-ße.«

Sie klapperte mit ihren Holzpantoffeln den Steinweg hinunter, und Lüder sah ihr nach, bis sie hinter dem dunklen Eibenbusch verschwand. Dann sah er seine Schuhe an, seinen Anzug, seinen Hut und schüttelte den Kopf, denn er meinte immer noch, daß er träumte. Er fütterte die Buchfinken mit Krümchen, streute den Goldfischen zerriebene Brotrinde in das Becken und ging schließlich ungeduldig auf und ab, bis ihm ein langer Aktenumschlag vor die Füße flog, auf dem zu lesen war: »An den Herrn Gemeindevorsteher Volkmann, genannt Hilgenbur zu Hilgenhof bei Reethagen dahinten in der Heide«, und in der linken Ecke stand »Kußpflichtige Dienstsache«, und in dem Briefe: »Im Rosengarten will ich Deiner warten, im grünen Klee, im weißen Schnee.« Da ging er um das Haus und sah sie ganz in Weiß auf dem Rasen zwischen den Rosenstöcken stehen.

Es gab ihr den Arm und ging mit ihr erst in einen Blumenladen, denn auf ihren Veilchenstrauß bestand sie, und dann am Promenadenkonzert vorbei zum Walde; und alle Leute sahen ihnen nach, ihm die Frauen und ihr die Männer.

Aber sie sahen von den Menschen nichts, und von der Musik hörten sie auch nicht viel, denn Lüder sagte: »Weißt du, Holde, wie mir zu Sinne ist? Als gingen wir über die Heide, und alle Heidlerchen sängen.«

Sie nickte: »Übermorgen sollen sie das: Ich will den Hilgenhof sehen!«

Der Fasan

Die Hochzeit fand am Tage der Sommersonnenwende statt; sie wurde bei Garberding gefeiert.

Die beiden alten Leute hatten sich erst ein bißchen verjagt, als Lüder mit Holde vorgefahren kam, denn sie meinten, sie würde sich nicht in die bäuerische Art schicken.

Nach einer Stunde aber waren sie schon anderer Ansicht; sie fanden bald heraus, daß das Mädchen das ländliche Hauswesen gut kannte, denn sie war auf dem Dorfe groß geworden und hatte auch späterhin viel auf dem Lande gelebt.

»Weißt du was«, sagte Garberding, der ordentlich auflebte, seitdem sie auf dem Hofe war, am dritten Tage, »was ich dir vorschlagen möchte? Du hast nach keinem Menschen was zu fragen; bringe alles, was du hast, zu uns, bis ihr freit. Das ist für Volkmann gut und für dich auch, denn von unserer Mutter lernst du dann, wie es hier zugeht. Jedes Land hat seine Eigenheiten, und wo einer wohnt, da muß er sich nach dem andern richten. Du lernst dann auch so nach und nach die Leute hier kennen, besser noch, als wenn du erst dahinten auf dem Hilgenhofe bist. Platz ist eine Masse für dich da, und du kannst es dir einrichten, wie du es gewohnt bist.«

»Mit tausend Freuden nehme ich das an, Vatter Garberding«, sagte das Mädchen, »ich hatte das gleich gewünscht. Vor Oktober wollte ich ja sowieso keine Stelle wieder annehmen, sondern bei einer Freundin bleiben die mich schon lange eingeladen hat. Daraus kann nun nichts werden, denn es ist mir zu wichtig, zu lernen, wie man sich hier zu den Leuten stellen muß. Ich war erst auf einem Gute in Westfalen, wo die Frau kränklich war; da war ganz leicht mit den Diensten umzugehen, wenn sie auch etwas dickköpfig waren; nur freundlich mußte man sein, nicht befehlen, sondern anordnen. Dann, als das Gut verkauft wurde, ging ich nach dem Posenschen; da war es ganz anders: Mit Freundlichkeit kam man mit dem Volke da nicht aus; da mußte man kurz sein und den Herrn zeigen, sonst blieb die Arbeit liegen.«

Sie reiste ab und kam nach ein paar Tagen wieder. »So«, rief sie, »nun kann die Nähersche kommen; ich habe mir alles besorgt, wie es sich für eine richtige Bauersfrau gehört. Aber ich sage euch, Augen haben sie gemacht beim Kaufmann! Beinahe so wie in der Stadt, denn bei Frau Freimut klingelte es den ganzen Tag, und dann ging es los: Liebes Fräulein, haben Sie sich das auch überlegt? Sie mit Ihrer Bildung und ein gewöhnlicher Bauer. Das tut nicht gut.«

Wie Volkmann im vorigen Sommer, so war sie jetzt morgens die erste, die aus dem Bette sprang, und wenn Frau Garberding in die Küche kam, war der Kaffee schon fertig. »Mädchen«, sagte die alte Frau, »du bist unser Besuch und arbeitest wie eine Magd?«

Holde hielt ihr die Hände vor das Gesicht. »Sieht man es ihnen an? So laß mir mein Vergnügen; wenn ich nicht überall zufasse, lerne ich nichts.«

Sie ging mit auf die Weide und melkte zur Verwunderung der Mägde, als wenn sie nie etwas anderes getan hätte, sie half im weißen Fluckerhut, roten Leibchen und blauen Rock beim Heumachen, sie hackte das Gemüse im Garten und wendete die Wäsche auf der Bleiche, und abends saß sie mit dem Strickstrumpf in der Hand mit Lüder und dem Bauern vor der Türe, denn Lüder kam jedweden Abend.

»Junge«, sagte der alte Bauer zu ihm, »Junge, du kannst lachen. So 'ne Frau wie die!«

Ob Volkmann wollte oder nicht, die Hochzeit wurde bei Garberding gefeiert. »Wir haben nicht Kind und Kegel und wollen auch unser Vergnügen haben«, meinte Frau Garberding.

Es war keine große Hochzeit, denn es war in der Heuezeit, und die Brautleute hatten keinen Anhang im Dorfe, und außer Freimut und seiner Frau waren keine Fremden eingeladen, aber es war eine lustige Hochzeit, darüber waren alle einer Meinung, und noch wochenlang nachher gnickerte mancher sauertöpfische Bauer vor sich hin, wenn er an die Rede dachte, die der lange Rechtsanwalt gehalten hatte. So eine Rede hatte noch keiner gehört, denn was er von Bauernart und Bauernstolz und Bauernarbeit sagte, das ging den Leuten glatt hinunter.

»Mein Lieber«, stöhnte der Anwalt einige Zeit später, »mit meiner Rede auf deiner Hochzeit habe ich mir schön was an die Hacken gehängt! Ich habe schon sowieso genug zu tun, und nun kommt mir noch euer ganzes Kirchspiel mit seinen Prozessen. Wenn das so fortgeht, muß ich wahrhaftig die Jagd zur nebenamtlichen Beschäftigung machen.«

Er kam jetzt meist mit seiner Frau. »Weißt du«, sagte sie eines Tages zu Holde, »das, was man Flitterwochen nennt, das hast du nicht kennengelernt. Na, ich ja auch nicht. Ganze acht Tage waren wir im Harz, da hatte Jochen es satt, das heißt, das Gasthausleben. Und wer weiß, wozu es gut ist. Ich habe eine Freundin, die leistete sich ein ganzes Flittervierteljahr, denn sie hatte es dazu. Na, die haben auf Vorrat geküßt, denn jetzt ist er das ebenso leid wie sie. Ihr Bauern seid darin vernünftiger. Weißt du, was Jochen neulich sagte? Wenn es ein Junge wird, und das will ich hoffen, dann soll er nicht auf dem Asphalt hinter den dreckigen Groschen herlaufen; Bauer soll er werden.«

Als Freimut ankam, legte er seiner Frau die Hände auf die Schultern und sagte: »Rate einmal, was du heute geworden bist?«

Sie sah ihn verwundert an, und er lachte: »Anbauersfrau! Ich habe Garberding das dumme Stück Abland, wie er immer sagt, da zwischen Bruch und Heide abgekauft. Wie stehe ich jetzt da? Nun wird da eine Häuslingswohnung hingebaut, und da verleben wir hinfüro die Zeit, in der ich keine Männerreden vor Gericht zu schmettern und zu Hause keine Akten durchzuwurzeln habe.

Die Sache ist nämlich die: Solange ich lebe und eine Knarre schleppen kann, behalte ich Garberdings und Lüders Jagd und die andere hoffentlich auch noch. Nun wird erst höchst eigenhändig der Busch gerodet und ein Obstgarten angelegt und Forellen- und Karpfenteiche gebuddelt, und so nach und nach wird das dann deine Sommerfrische, und dann habe ich doch immer einen vernünftigen Grund, zur Jagd zu gehen, und Oldwig kann zu Hause Aktenstaub schlucken.

Im April geht die Bauerei los, und die Grundsteinlegung wird schauderhaft festlich mit Flaschenbier und selbstgeschlachteten Würsten gefeiert. Und auf meine Namenskarte lasse ich jetzt drucken: Jochen Freimut, Anbauer, Jagdidiot und im Nebenamt Rechtsverdreher.«

Es wurde auch eine sehr lustige Feier, aber der Hilgenbauer war nur eine Stunde dabei und seine Frau gar nicht, denn sie hatte ihm am Morgen dieses Tages Zwillinge geschenkt, einen Jungen und ein Mädchen.

»Hochgeöhrte Anwesende, geliebte Festgenossen, werte Gäste« hatte Freimut seine Rede angefangen, »der augenblickliche Tag ist bedeutungsvoll für uns. Zum ersten, weil wir hier den Grundstein zu dem Haus legen, in dem hoffentlich einst mein ältester und vorläufig einziger Sohn Lüder etwas Vernünftigeres treiben wird als sein die Natur mit Pulverdampf erfüllender Vater; zum zweiten besteht die Familie Volkmann seit fünf Uhr dreißig Minuten heute früh aus vier Köpfen, sintemalen und alldieweil der Adebar zweimal geflogen kam, wie das, wie man bei Ramakers gesehen hat, dort das übliche zu sein scheint. Gehet hin und tuet desgleichen!«

Als Freimut hinterher zum Hilgenhofe ging, denn er mußte den Abend noch abreisen, fand er Garberdings da. Die alten Leute waren selig, und besonders die Bäuerin lachte und weinte durcheinander und sagte in einem fort: »Jetzt bin ich doch noch Großmutter geworden!«

Und sie wurde die Großmutter, und es verging kaum ein Tag, daß der Garberdingsche Wagen nicht angefahren kam, und war das Wetter schön, so konnte man darauf rechnen, daß auch Garberding mitkam, denn der Bauer mußte sich sehr vorsehen.

»Mit mir ist nicht mehr viel Staat zu machen«, sagte er zu Volkmann, »wenn ich den Winter noch überstehe, so ist es ein Wunder. Es schadet auch nichts; ich kann mit meinem Leben zufrieden sein; fünfundsechzig bin ich, das ist ein schönes Ende.

Und nun will ich dir was sagen, mein Junge: Sieh mal, Kinder haben wir beide nicht, Trina und ich, und was wir an Verwandtschaft haben, das ist so weitläufiger Art, daß wir da nichts von wissen, und wir beide sind ja auch noch verwandt miteinander. Deswegen habe ich das mit unserer Mutter so abgemacht: Du sollst meinen ganzen Hof haben mit allem, was drum und dran ist, und das bare Geld, das nicht ganz wenig ist, kann bis auf einiges, das ich anderer Weise verwenden will, die Verwandtschaft kriegen.

Ich bin noch nicht fertig; höre zu: Der Tormannshof, auf den ich geheiratet habe, hat ein großes Stück von dem Hilgenhofe zu sich herübergezogen, denn als dein Großvater starb und hinterher der Anerbe, verkaufte dein Oheim, weil er doch in der Stadt sein Geschäft hatte, dreihundert Morgen an meinen Schwiegervater, während dein anderer Ohm, der Professor, das andere bekam. Unsere Mutter und ich sind beide in demselben Augenblick auf diesen Gedanken gekommen.«

Der Hilgenbauer hatte einen ganz roten Kopf bekommen. »Ich kann das so ohne weiteres nicht annehmen, Garberding«, versetzte er, »ein solches Geschenk. Einmal wird mir das Mißgunst schaffen im Dorfe, und dann, ob Ihr mit Eurer Verwandtschaft auch noch so weit auseinander seid, Verwandtschaft bleibt Verwandtschaft. Bedenke, sie könnte mir Erbschleicherei vorwerfen.

Und schließlich, meine politischen Ansichten stehen dem auch entgegen. Ich hätte dann weit über tausend Morgen, und das ist zuviel. Großgrundbesitzer haben wir mehr als genug, was uns fehlt, das sind Bauern. Ein Musterwirt von Gutsbesitzer ist nicht so viel wert für die Erhaltung der deutschen Volkskraft als zehn Kleinbauern, die nach der alten Art wirtschaften. Er kann zehn Kinder haben meinetwegen, dann haben aber zehn Bauern hundert.

Wenn du mir etwas Land schenken willst von unserem alten Besitz, so danke ich dir herzlichst im Namen meines Jungen; aber alles kann ich nicht annehmen.«

Acht Tage später kam der Großknecht vom Garberdingschen Hofe angeritten; der Bauer war in der Nacht gestorben. Ganz sanft war er hinübergegangen. Die Bäuerin war sehr gefaßt: »Es ist hart für mich«, seufzte sie, »aber ich sah es ja kommen. Zu guter Letzt sagte er noch: ›Mutter, nun bist du doch nicht allein, wo du die Kinder hast.‹ Und das ist auch mein Trost.«

Sie gab den Hof in Pacht und zog auf den Hilgenhof. »Verzieh mir die Kinder nicht so, Großmutter«, mußte Frau Volkmann jeden Tag wohl dreimal sagen, denn den ganzen Tag war Frau Garberding mit den Kleinen zu Gange, und als nach zwei Jahren noch ein Junge da war, da war sie ganz glücklich.

»Wenn das unser Vater noch erlebt hätte«, rief sie, lachte listig in sich hinein und fuhr, sobald sich Holde wieder helfen konnte, zur Stadt.

Fünf Jahre lebte sie noch auf dem Hofe, bis ihr an einem Maiabend die Luft wegblieb. »Die Kinder«, stöhnte sie, und man brachte sie zu ihr.

Sie strich jedem über den Kopf und lächelte müde. Noch einmal hob sie den Kopf. »In der Beilade!« Um ihren Mund stand ein verschmitztes Lächeln, ehe sie verschied.

Als nach dem Begräbnis Frau Volkmann die Beilade der Toten aufschloß, fand sie oben auf dem Sonntagszeuge einen Brief, dessen Aufschrift lautete: An Lüder Volkmann; er enthielt eine Abschrift der Erbverschreibung, wonach Katharine Hermine Magdalene Garberding vormalige Tormann nach dem Willen ihres Mannes ihren gesamten Besitz und was dazugehörig war, an Lüder Volkmann vermachte. »Doch«, so hieß es am Schlusse, »soll er nicht gehalten sein, alles zu behalten, vielmehr darf er mit Ausnahme der dreihundert Morgen, die vordem beim Hilgenhofe waren, darüber frei verfügen.«

Frau Volkmann wurde blaß, als sie das Schriftstück las. »Lieber Lüder«, sagte sie, »das geht doch nicht. Wer weiß, ob nicht unter den Verwandten von unserer Großmutter Leute sind, die es sehr nötig haben.«

Ihr Mann nahm sie in den Arm: »Das freut mich Holde, daß du auch so denkst; genau dasselbe habe ich zu Garberding gesagt, als er mir kundgab, daß er uns seinen Hof hinterlassen wolle. Wir wollen uns nach der Verwandtschaft umsehen; vielleicht ist einer darunter, der auf den Hof paßt.«

Als es im Dorfe bekannt wurde, daß der Vorsteher den ganzen Tormannschen Hof geerbt habe, gab es erst ein großes Gerede, aber als es sich herumsprach, daß Volkmann nur die dreihundert Morgen behalten wolle, das andere aber bis auf ein Stück, das der Rechtsanwalt Freimut zukaufen wollte, an einen aus der Garberdingschen Verwandtschaft hingeben wolle, da war das Gerede noch größer, und hatten etliche Leute erst angedeutet, daß Volkmann es schlau angefangen habe, um das Erbe zu bekommen, so taten dieselben Männer jetzt so, als wenn er nicht alle fünf Sinne beieinander habe.

Er aber kümmerte sich weder um die feindlichen noch um die mitleidigen Blicke und beauftragte Freimut, Erkundigungen über die Verwandtschaft einzuziehen.

Über ein Jahr ging darauf hin; schließlich fand der Anwalt heraus, daß am Rhein eine Fuhrmannswitwe Tormann lebte, deren ältester Sohn ein tüchtiger Bauernknecht sein sollte.

Sobald er konnte, reiste Freimut hin, und als er wiederkam, meinte er: »Das ist der Richtige; ein Kerl wie ein Baum, Augen wie ein Kind, Fäuste wie ein Hausknecht und ein Herz wie ungemünztes Gold. Die Leute können eben leben; es sind noch zwei Mädchen da, eine von vierzehn und eine von siebzehn Jahren, ganz prächtige Mädels, und die Mutter ist auch so. Ich habe natürlich nicht gesagt, um was es sich handelt, ich sagte nur, daß sie von dem baren Gelde geerbt hätten; wieviel es wäre, wüßte ich nicht. Da sagte der Älteste, Hermann heißt er: ›So viel ist es wohl nicht, daß wir uns ein paar Morgen Land kaufen könnten; hier ist billig etwas zu kriegen.‹ Den Mann nimm, Lüder. So, und wo ist der Bock, den du mir währenddem ausmachen wolltest?«

Volkmann meinte, das ließe sich wohl hören, es sei nur fraglich, ob ein Rheinländer sich bei ihnen eingewöhnen werde. Als er nachher mit Freimut durch das Bruch ging, um ihm zu zeigen, wo der Bock stand, traten sie ein beflogenes Gesperre Fasanen heraus, und da sagte Freimut: »Siehst du, du meintest zuerst, die Fasanen würden verstreichen; dieses hier aber ist das sechste Gesperre, das wir jetzt haben. Meinst du noch, daß Hermann Tormann sich hier nicht hineinfinden wird?«

Er behielt recht; Hermann Tormann kam angereist, als ihm geschrieben wurde, er solle unter Umständen den Hof haben, doch müsse er erst ein Jahr Knecht auf dem Hilgenhofe sein, was er ganz richtig fand. Er war allerhand anders gewöhnt, aber er fand sich schnell in die landesübliche Weise, und da er freundlich und von sinniger Art war, stellte er sich gut mit den jungen Leuten aus dem Orte, mit denen er aber nicht viel zusammenkam, da er von sich aus keine Wirtschaften besuchte.

Als das Jahr um war, rief der Bauer ihn in die Dönze. »Du bist mir ein guter Knecht gewesen, Hermann«, sagte er, »dein Jahr ist um, und hier ist der Lohn, den du noch zu bekommen hast. Morgen fährst du nach Hause und holst deine Mutter und deine Schwestern; unterdessen trete ich dir den Tormannschen Hof ab, das heißt, nicht ganz. Du weißt, die Koppeln im Rodewischen sind so abgelegen, daß sie immer verpachtet werden mußten; die will ich Ramaker als Anbauerstelle geben. Er hat die Jahre so viel für mich getan, daß ich das mit Geld gar nicht gutmachen kann. Und jetzt, Tormannsbur, hier ist der Stock vom alten Garberding, den er immer trug und den ihm sein Schwiegervater gab; der ist jetzt dein, und das Zeichen darin, das ist jetzt deine Hausmarke. Und nun reise gut und grüße deine Mutter und die Schwestern.«

Es dauerte einen Monat, ehe Tormann zurückkam, denn wie er schrieb, mußte seine Mutter erst ihr Häuschen mit dem bißchen Land und den Hausrat zu Geld machen, ohne es zu verschleudern. Es war so, wie Freimut gesagt hatte; die Frau und ihre Töchter gefielen Volkmann von Anbeginn; sie machten keine großen Worte, aber man sah es ihnen an den Augen an, wie glücklich sie waren.

Am allerseligsten aber waren Ramakers. Der Häusling sagte gar nichts, als ihm der Bauer den Besitzschein für die Anbauerstelle übergab; er wurde weiß um die Nase und setzte sich auf den Hackklotz. Aber als er sich etwas erholt hatte, war sein erstes, daß er fragte: »Wo willst du jetzt aber einen neuen Häusling herkriegen?«

Seine Frau saß auf der Deele auf der Eimerbank und lachte und weinte durcheinander. »Denn«, sagte sie, »mit Lustigkeit alleine komme ich darüber nicht weg.«

Die Lerche

Seitdem Frau Holde auf dem Hilgenhofe war, hatte sich der Bauer in der schlechten Jahreszeit wieder an seine Arbeit gemacht und seine Quintärfauna von Deutschland in einer wissenschaftlichen Zeitung erscheinen lassen.

Die Arbeit machte großes Aufsehen, und in dem führenden Fachblatte wurde sie die wichtigste zoogeographische Arbeit aus der deutschen Fauna genannt, die in den letzten fünfzig Jahren erschienen wäre.

Neben der Beschäftigung mit dieser Arbeit hatte der Bauer den Stoff für eine andere gesammelt, in der er die Veränderungen darstellen wollte, die die höhere Tierwelt des Gaues von den ältesten Zeiten bis auf seine Tage erfahren hatte, doch kam er davon ab, als er die Einzelheiten aus der Literatur, die ihm der naturwissenschaftliche Verein zu Bremen beschaffte und aus allerlei Akten zusammensuchte und aus den alten Leuten in der Gegend herausfragte, und auf einen anderen Gedanken.

Der Name seines Hofes und die Tatsache, daß die gewaltige Eiche, die mit den dreihundert anderen dort stand, nicht unter die Axt gekommen war, hatten ihn auf die Vermutung gebracht, daß es mit dem Hilgenhofe eine besondere Bewandtnis haben müsse.

Als er Thöde Volkmanns Bücher durchsuchte, fand er darunter einen mühsam zusammengebrachten Stammbaum der Hilgenbauern, der zwar einige kahle Stellen aufwies, aber weit zurückreichte, und in demselben Hefte eine Menge Aufzeichnungen über die Geschichte des Hofes und der Besitzer, sowie in einem Fache des Schrankes alle Literatur, in denen der Hilgenhof und Reethagen vorkamen.

Der Hilgenbauer fühlte sich mit seinem Hofe so sehr verwachsen, daß er selbst schon allerlei über ihn und seine Besitzer zusammengetragen hatte; er forschte weiter nach, wo er irgendwelche Urkunden, Akten und Aufzeichnungen vermutete, und trug alles in das grüne Heft seines Ohms ein; dann zog er daraus den Stammbaum und trug ihn in einen starken Band mit Lederdeckel ein, den er eigens zu diesem Zwecke gekauft hatte und der das Hausbuch der

Hilgenbauern werden sollte, und davor in knapper Fassung die Geschichte des Hilgenhofes und seiner Besitzer, und die Bäuerin, die sehr gut zeichnete und malte, fügte Bilder von dem Hause, dem alten Wahrbaume, dem Hilgenberge, dem Grasgarten und dem Fleet hinzu und ihre, ihres Mannes und der Kinder Abbildungen.

Lüder hatte schon auf der Lateinschule sehr viel gelesen und auf der Hochschule und später noch mehr; jetzt las er nur ganz selten noch und eigentlich nur solche Bücher, die sich mit der Geschichte der Heimat und ihrem Volke beschäftigten, schöne Literatur dagegen gar nicht.

Dadurch kam er ganz zu sich selbst und lenkte seine Gestaltungskraft, die fortwährend in ihm arbeitete und in den letzten Jahren ganz von der Arbeit für den Hof mit Beschlag belegt war, nicht ab, sondern speicherte einen großen Vorrat davon in sich auf.

Als ihm nun beim Holzabfahren in der Wohld ein Stamm den rechten Fuß so schwer gequetscht hatte, daß der Arzt ihm für lange Wochen Liegen verordnete, fühlte er sich sehr unbequem, denn mit dem Lesen von Büchern konnte er seiner Unruhe nicht Herr werden.

»Schreibe deine Gaufauna fertig«, riet ihm seine Frau, und sie beschaffte ihm ein Pult, das an das Bett geschraubt wurde. Er begann zu schreiben, aber während er bei der Einleitung war, in der er das Land schilderte, wie es zu den Zeiten ausgesehen haben mochte, als noch Urochs, Bär, Adler und Uhu dort lebten, traten, je weiter er kam, immer mehr die Menschen vor ihn, während das Getier zurückwich.

Er klagte seiner Frau sein Leid, aber sie sagte ihm: »Die Hauptsache ist, daß du dir die Zeit vertreibst. Die Tiere laufen dir nicht fort, und wenn sich die Menschen vordrängen, so werden sie wohl ihre Ursache dazu haben. Das, was du bis jetzt geschrieben hast, ist sehr schön.«

So tat er, was er mußte, ließ den Hilgenhof entstehen, schilderte die Schicksale der Leute, die darauf saßen, und als er in kurzen Zügen die alte Zeit dargestellt hatte, langte er bei Helmold Hilgen an, der während des Dreißigjahreskrieges lebte und dessen zweiter Sohn Hennecke, der herzoglicher Amtsschreiber war, ein Heft mit

Aufzeichnungen über das, was ihm sein Vater erzählt hatte, hinterließ.

Dadurch bekam Lüder Boden unter die Füße, so daß er weiterkommen konnte bis zu Henning Volkmann, der auf den Hilgenhof heiratete und zur Zeit des ersten Napoleon lebte. Das war ein ausnehmend gescheiter Mann; er hatte ein Tagebuch über alle wichtigen Geschehnisse auf dem Hofe und im Kirchspiele geführt und immer die großen Zeitereignisse dabei bemerkt, soweit sie Einfluß auf den Hof hatten, auch seine eigenen Gedanken dabei nicht vergessen, die er sich darüber gemacht hatte.

Da nun ein Schillscher Offizier, der lange mit einer schweren Wunde auf dem Hilgenhofe lag, sowohl den Bauern als die Bäuerin und die Kinder als Schattenrisse in das Heft hineingezeichnet hatte, auch auf zehn Seiten in trefflicher Weise das Leben auf dem Hofe beschrieben hatte, so hatte Lüder diesen seinen Ahnen sichtbar vor Augen und konnte nicht eher von ihm fortkommen, als bis er in zehn Schreibheften das ganze Leben dieses ausgezeichneten Bauern, der ein Mehrer des Hofes und fünfzig Jahre lang Bauernvogt war, beschrieben hatte.

In vier weiteren Heften schloß sich der Niedergang des Hofes an, bis im fünfzehnten und letzten Hefte die beiden letzten Volkmanns, der weltflüchtige Gelehrte Thöde und Lüder, der Landstreicher, den Beschluß bildeten.

Es war Ende Februar, als der Bauer mit der Geschichte des Hofes zu Rande war. Sein Fuß hatte sich sehr gebessert, zumal er sich während des Schreibens ruhig verhalten hatte, denn je mehr er schrieb, um so ruhiger wurde es in ihm.

Er gab die fünfzehn Hefte der Bäuerin; sie las sie trotz der engen Schrift in einem Zuge durch, faßte seinen Kopf mit beiden Händen, gab ihm einen Kuß und sagte: »Das kannst du mir schenken, es ist wundervoll.« Er nickte, und als sie weiterfragte: »Darf ich damit machen, was ich will?«, nickte er wieder und sagte: »Gewiß, Holde, was du willst!«

Da die Sonne warm schien, hatte er Lust, nach draußen zu gehen, denn bis dahin war er nur im Hause auf und ab gegangen. Die Bäuerin gab ihm den Arm und führte ihn in den Garten, wo in der Alpenanlage, die Thöde Volkmann angelegt hatte, allerlei frühe Blumen blühten, und von da bis zum Ende des Grasgartens, weil dort die Vormittagssonne am wärmsten war.

Als sie auf die Saat sahen, die vortrefflich durch den Winter gekommen war, flog aus dem dichten Grün die erste Lerche hoch, stieg auf und sang. »Ich hab' es gut getroffen, Holde«, sagte der Bauer, »gleich beim ersten Schritte vor das Haus singt mir die Lerche zu.« Seine Frau nickte lächelnd; sie hatte ihre eigenen Gedanken.

In der Folge, als Lüder wieder mehr draußen war, um nach den Knechten zu sehen, denn er hatte jetzt drei Knechte außer dem neuen Häusling Lüdecke, mit dem er es gut getroffen hatte, saß die Bäuerin jeden Tag und schrieb die Geschichte des Hilgenhofes sauber ab, und wenn ihr Mann sie dabei antraf und sie fragte, warum sie sich soviel Mühe gäbe, dann sagte sie lächelnd: »Du hast gesagt, ich kann damit machen, was ich will.«

Wenn aber Freimut zur Jagd da war und sich auf dem Hofe sehen ließ, dann hatte sie immer Wichtiges mit ihm zu reden; manchmal steckte er ihr auch einen Brief zu, und als Lüder das einmal bemerkte, lächelte seine Frau ganz so, wie damals Mutter Garberding gelächelt hatte, als sie sich zur Kreisstadt fahren ließ, um ihre Erbverschreibung aufsetzen zu lassen.

»Es ist ein gesegnetes Jahr«, meinte der Bauer, als sie die Deele zum Erntebier rüsteten.

Die Frau stimmte ihm mit den Augen zu, aber sie dachte nicht an die Ernte, die auf dem Felde gewachsen war, und nicht an die Gartenfrüchte, und an die Obstbäume, die sich alle tief bückten, noch weniger.

Zuweilen fragte Lüder sie, was sie habe, denn wenn sie auch immer heiteren Sinnes war, in ihren Augen war seit einiger Zeit ein ganz eigenes Leuchten, und noch nie hatte sie so viel gesungen und gelacht wie zu dieser Zeit, und war sie früher schon schön, so wurde sie es jetzt noch viel mehr, obwohl sie von früh bis spät mit dem Haushalte zu tun hatte und außerdem noch auf die Kinder, deren es mit der Zeit vier geworden waren, zu achten hatte.

So kam der Weihnachtsabend heran. Lüder saß in der großen Wohnstube in dem Anbau, in dem jetzt die Familie lebte, da das alte Haus zu klein geworden war, und hatte das jüngste Kind auf dem Schoße, während die anderen mit gemachter Ruhe die Bilder in einem Tierbuche besahen. Die Geschenke für seine Frau hatte er der Großmagd gegeben.

Um sieben Uhr kam die Bäuerin herein; sie hatte, wie die anderen auch, ihr bestes Zeug an, und in ihren Augen war eine heimliche Ausgelassenheit, so daß ihr Töchterchen sagte: »Mutter, du siehst heute wirklich zu schön aus!«

Bald darauf läutete es; die Bäuerin faßte ihren Mann an die Hand und führte ihn auf die Deele, wo der Lichterbaum brannte; um ihn herum standen das Gesinde und der Häusling mit seiner Familie.

Nachdem die Kinder mit klaren Stimmen das Weihnachtslied gesungen hatten, wurden erst Lüdeckens beschert, dann das Gesinde, worauf schließlich die Kinder zu ihren Gaben gewiesen wurden; zuletzt führte Lüder seine Frau dahin, wo seine Geschenke lagen, alltägliche Dinge, die ihr fehlten und die er sich im Laufe des Jahres gemerkt hatte, und einiges, das nicht so notwendig war und von liebevoller Aufmerksamkeit Zeugnis gab.

»Du, lieber Lüder«, sagte die Bäuerin, nachdem das Gesinde mit seinen Geschenken in die Leutestube gegangen war, »du bekommst wie gewöhnlich das wenigste; da sind zwölf Paar Strümpfe, sechs für den Sommer und sechs aus Schnuckenwolle für wintertags, und zwei Kisten Räucherwerk und natürlich einen Weihnachtskuß, weil du bis auf die Dummheit mit dem gequetschten Fuß dich das ganze Jahr gut betragen hast. Gern hätte ich dir noch ein besseres Angebinde verehrt, aber du hast ja so wenig Bedürfnisse, daß man nicht weiß, was man dir schenken soll. Unter den Strümpfen liegt noch eine Kleinigkeit, die dir vielleicht Freude macht.«

Neugierig packte er die Strümpfe fort und fand darunter ein Heft einer vornehmen Zeitschrift liegen, auf dessen aufgeschlagener Seite eine Stelle blau bezeichnet war. Er las und wurde ganz rot im Gesicht, denn da stand:

»Im Verlage des Deutschen Vereins für ländliche Wohlfahrt- und Heimatpflege ist ein Buch erschienen, das in der Weihnachtsliteratur dasteht wie eine Eiche im Felde. Es heißt ›Der hohe Hof‹ und behandelt die Geschichte einer bäuerlichen Familie der Lüneburger Heide. Sein Verfasser nennt sich Lüder Volkmann; wir wissen nicht, wer das ist, aber wir wissen, daß er ein großer Künstler ist. Seine Sprache ist rein und klar wie die Luft in der Heide; da stäubt kein überflüssiges Wort, da fliegt kein falscher Ausdruck. Sein Satzbau ist von jener Natürlichkeit, die so schwer zu treffen ist, und seine Bilder sind ungesucht und neu. Das Buch wird demnächst ausführlicher besprochen; für heute sagen wir nur: Es ist ein köstliches Werk.«

Als Lüder aufsah, warf sich Holde an seine Brust. »Ich habe nur die Namen etwas geändert; alles andere blieb, wie es war. Du sagtest, ich könnte damit anfangen, was ich wollte, da habe ich es drucken lassen.«

Sie schlug die weißleinene Decke zurück, und zwei Bücher kamen zum Vorschein, das eine in kostbarer, das andere in einfacher Ausstattung.

»Das, Lüder, ist die Volksausgabe. Dein Buch muß in recht viele Hände kommen, darum ist gleich eine ganz billige Ausgabe herausgegeben. Inhaltlich sind beide Ausgaben gleich, nur kostet dieses Buch zwei, jenes sechs Mark.

Und nun gib mir einen Kuß, damit ich weiß, daß du mir nicht böse bist.«

Sie lehnte sich an ihn und sah mit Augen zu ihm auf, die vor Glück und Stolz feucht glänzten.

Ihr Mann küßte sie auf die Stirne. »Du!« sagte er und weiter nichts.

Der Brachvogel

Am Altjahrsabend dröhnte die Stimme Freimuts über die Deele: »Mann«, trompetete er, »die Welt ist deines Ruhmes voll, und was das beste ist, sie schimpfen sogar schon über dich in den Zeitungen, die an pikante Gerichte, wie Rollmops mit Vanillesauce, gewöhnt sind. Mann, ich werde von jetzt ab Sie zu dir sagen und dich nur noch in der dritten Person anreden.

Haben Euer Gnaden das schon gelesen?« Er holte eine Zeitung aus der Tasche. »Und das und das und das? Lasse dich schleunigst fotografieren und schaffe dir einen Mann an oder besser deren drei, die gerade solche Haarfarbe haben wie du, und leg dir einen Schreibknecht bei, denn ich sage dir, wenn die Heide blüht, wird die Wallfahrerei zum Hilgenhofe losgehen, und dann kannst du Widmungen schreiben, dein Konterfei an flötende und hold lächelnde Mägdeleins verschenken, und deine Locken wirst du sämtlich los!

Nun ergreif dein Glas; sobald die Glocke das neue Jahr ansagt, wollen wir auf das nächste Buch trinken, von dem ich hoffe, daß darin ein gewisser Jochen Freimut eine große Rolle spielt, und auf deine liebe Frau, denn ohne die wäre aus dir nichts Vernünftiges geworden.«

Lüder lachte. »Das stimmt«, sagte er und nickte seiner Frau zu.

In diesem Winter stellte er seine große naturwissenschaftliche Arbeit fertig, in der er erzählte, wie sich im Laufe von Jahrhunderten je nach der Art der Pflanzenwelt und der Kultur die wilde Tierwelt zusammensetzte, von der Zeit an, als noch mongoloide Fischer und Jäger dort hausten, bis die blonden Weidebauern sie von dannen trieben, die Fichten und Fuhren zurückdrängten und die Eiche begünstigten, wodurch eine ganz andere Tierwelt aufkam. Dann wurde aus dem Weide- ein Ackerbauer, und wieder änderte sich die Tierwelt; die Lüneburger Saline und der schreckliche Krieg nahmen die alten Eichen fort, und abermals traten Fichten und Fuhren und mit ihnen andere Tiere vorn hin; die Vorderlader, die Eisenbahn, die Vergrößerung des Landstraßennetzes, die Ablösung der Waldhutung in den Staatsforsten, die zunehmende Entwässerung und Urbarmachung gaben der Zusammensetzung der Fauna wieder ein anderes Gesicht, und so zeigte er in seiner klaren, ruhigen Schreibart, warum Blauracke und Wiedehopf verschwinden mußten und weshalb Haubenlerche und Grauammer in die Heide einwanderten, und als das Buch erschien, fand es überall Lob.

Vielerlei Leute suchten den Hilgenbauer auf, Forscher und Künstler, aber nur wenige kamen an ihn heran. Die Bäuerin hatte helle Augen, und wenn sie erkannte, daß nur Neugier oder Geschäftemacherei einen Menschen auf den Hof trieben, dann blieb ihr Mann damit verschont, denn obzwar er jetzt wußte, daß er mehr war als nur ein Bauer, so wollte er im Grunde nichts als ein Bauer sein.

Nur in der stillen Zeit, wenn das Feld und die Wiese eingeschlafen waren, nahm er die Feder in die Hand, aber auch nur dann, wenn die viele Kraft, die in ihm war, Frucht angesetzt hatte.

Da er nicht dem Ruhme nachlief und nicht hinter dem Gelde her war, mähte er seine Gedanken nicht, bevor ihr Jakobstag da war, und trieb keinen Raubbau mit seiner Seele. So wurde jedes Buch, das er schrieb, reif und nahrhaft.

An dem Tage, als sein ältester Sohn aus der Dorfschule kam, hatte er ihn gefragt, was er werden wolle, denn der Junge hatte nebenbei bei dem Pastor Unterricht in den alten Sprachen, in Geschichte und Erdkunde bekommen. »Ich will die Lateinschule besuchen«, hatte der Junge gesagt, »bis ich damit zu Ende bin.«

Lüder dünkte das sonderbar, denn Dettmer hatte viel Freude an der Landwirtschaft, und so fragte er: »Willst du denn studieren?« Da hatte der Junge ihn groß angesehen: »Studieren? Wo ich doch Hoferbe bin! Aber ich will überall mitreden können, denn der Pastor sagt, was einer lernt, ist gleich, wenn er nur etwas lernt; wer gut Latein kann, der wird auch seinen Hof gut im Stande halten.«

Am anderen Tage fuhr der Bauer mit seiner Frau nach Hülsingen; sie aßen in demselben Kruge, wo sie an dem Tage gewesen waren, als die Schlange sie zusammengeführt hatte.

Der Heidbrink, auf dem Lüder, der Landstreicher, damals gelegen hatte, als er auf Ramaker wartete, war fast noch so wie an jenem Tage, nur daß die Heide höher war und die Zweige der Birke bis auf die Erde hingen. Der Ortolan sang nicht, denn er war noch nicht wieder da, aber auf dem Brombeerbusche unten an dem Brinke saß der Goldammer und sang sein friedliches Lied, und über dem Postbruche kreiste der Brachvogel und rief laut.

Holde ging zu dem Machangelbusche, bei dem sie Lüder zuerst gesehen hatte; sie wollte sich einen Zweig zum Andenken mitnehmen. Der Bauer sah dorthin, wo der Brachvogel sich mit abnehmendem Rufe niederließ.

Die Füße fest auf der Heimaterde, aber die Gedanken darüber; so soll es sein, dachte er. Und dann sah er dorthin, wo vor dem dunklen Busche das blonde Haar der Bäuerin in der Sonne leuchtete, und er dachte daran, was er gewesen war, ehe er sie gesehen hatte, und was er jetzt war.

Er dachte an seine Verfehlung und die Strafe, die dafür über ihn gekommen war, und daß er ohne beide sich wohl niemals auf sich selber besonnen hätte, sondern mit der Zeit abgestanden und schal geworden wäre wie so mancher treffliche Mann in dem Wirrwarr der großen Stadt.

Seine Frau kam den Hügel herauf, hing sich in seinen Arm und sagte, indem sie den Geruch des Machangelzweiges einatmete, den sie in der Hand hielt: »Man sagt, Kreuzottern seien böse Tiere; die mich damals gebissen hat, war gut; Ramaker hätte sie nicht totschlagen sollen.«

»Ja, Holde«, pflichtete ihr Mann ihr bei, indem er sie an sich zog, »das ist wohl so, es sieht manches wie ein Unglück aus, und nachher wird es uns zum Segen!«

Über tredition

Eigenes Buch veröffentlichen

tredition wurde 2006 in Hamburg gegründet und hat seither mehrere tausend Buchtitel veröffentlicht. Autoren veröffentlichen in wenigen leichten Schritten gedruckte Bücher, e-Books und audio-Books. tredition hat das Ziel, die beste und fairste Veröffentlichungsmöglichkeit für Autoren zu bieten.

tredition wurde mit der Erkenntnis gegründet, dass nur etwa jedes 200. bei Verlagen eingereichte Manuskript veröffentlicht wird. Dabei hat jedes Buch seinen Markt, also seine Leser. tredition sorgt dafür, dass für jedes Buch die Leserschaft auch erreicht wird.

Im einzigartigen Literatur-Netzwerk von tredition bieten zahlreiche Literatur-Partner (das sind Lektoren, Übersetzer, Hörbuchsprecher und Illustratoren) ihre Dienstleistung an, um Manuskripte zu verbessern oder die Vielfalt zu erhöhen. Autoren vereinbaren direkt mit den Literatur-Partnern die Konditionen ihrer Zusammenarbeit und partizipieren gemeinsam am Erfolg des Buches.

Das gesamte Verlagsprogramm von tredition ist bei allen stationären Buchhandlungen und Online-Buchhändlern wie z. B. Amazon erhältlich. e-Books stehen bei den führenden Online-Portalen (z. B. iBookstore von Apple oder Kindle von Amazon) zum Verkauf.

Einfach leicht ein Buch veröffentlichen: **www.tredition.de**

Eigene Buchreihe oder eigenen Verlag gründen

Seit 2009 bietet tredition sein Verlagskonzept auch als sogenanntes "White-Label" an. Das bedeutet, dass andere Unternehmen, Institutionen und Personen risikofrei und unkompliziert selbst zum Herausgeber von Büchern und Buchreihen unter eigener Marke werden können. tredition übernimmt dabei das komplette Herstellungs- und Distributionsrisiko.

Zahlreiche Zeitschriften-, Zeitungs- und Buchverlage, Universitäten, Forschungseinrichtungen u.v.m. nutzen diese Dienstleistung von tredition, um unter eigener Marke ohne Risiko Bücher zu verlegen.

Alle Informationen im Internet: **www.tredition.de/fuer-verlage**

tredition wurde mit mehreren Innovationspreisen ausgezeichnet, u. a. mit dem Webfuture Award und dem Innovationspreis der Buch Digitale.

tredition ist Mitglied im Börsenverein des Deutschen Buchhandels.

Dieses Werk elektronisch lesen

Dieses Werk ist Teil der Gutenberg-DE Edition DVD. Diese enthält das komplette Archiv des Projekt Gutenberg-DE. Die DVD ist im Internet erhältlich auf **http://gutenbergshop.abc.de**